STAR WARS ®

LA CITÉ PERDUE DES JEDI

Collection « SF » dirigée par
Jacques Goimard

Paul DAVIDS
Hollace DAVIDS

STAR WARS ®

Livre 2

LA CITÉ PERDUE DES JEDI

Traduit de l'américain par
Frédérique Mercal
Illustrations de
Drew Struzan et Karl Kesel

POCKET

Titre original :
The Lost City of the Jedi

Publié pour la première fois par Bantam Books, une division de Bantam Doubleday Dell Publishing Group Inc, New York.

Loi n° 49-956 du 16 juillet 1949 sur les publications destinées à la jeunesse.

ISBN 2-266-06274-3

A nos parents,
Cecelia et Frank Goodman,
Frances et Jules Davids,
Que la sagesse de Yoda vous accompagne toujours...

Avec nos remerciements à George Lucas, le créateur de La Guerre des Etoiles ; à Lucy Wilson, pour ses conseils éclairés ; à Charles Kochman, pour sa perspicacité ; à West End Games, pour leur extraordinaire documentation sur La Guerre des Etoiles. A Betsy Gould, Judy Gitenstein, Peter Miller et Richard A. Rosen pour leur aide et leurs conseils.

IL Y A BIEN LONGTEMPS,

DANS UNE LOINTAINE GALAXIE...

L'aventure continue...

C'était une époque de ténèbres, un temps où dominait l'Empire du Mal, où la peur et la terreur écrasaient la Galaxie.

L'Empereur Palpatine régnait par la force, secondé par son fidèle lieutenant, Dark Vador. Ils écrasaient toute résistance. Mais l'Alliance Rebelle luttait contre leur formidable pouvoir.

L'Alliance Rebelle : des hommes et des femmes courageux, unis contre l'Empire dans un combat pour restaurer la liberté et la justice dans la Galaxie.

Luke Skywalker rejoignit l'Alliance quand son oncle acquit un duo de droïds connus sous le nom de Z-6P0 et D2-R2. Les droïds avaient pour mission de délivrer la princesse Leia, un des chefs de l'Alliance, prisonnière de Dark Vador.

Aidé par Yan Solo, le pilote du vaisseau *Fau-*

con Millenium, et par son copilote, Chewbacca, un grand Wookie poilu, Luke réussit à libérer Leia. Mais leurs démêlés avec l'Empire n'allaient pas s'arrêter là. Luke et ses amis combattirent les redoutables troupes de choc ainsi que des super-destroyers de plusieurs kilomètres de long, et ils affrontèrent l'arme la plus puissante de l'Empire : l'Étoile Noire. Station spatiale de combat aussi imposante qu'une lune, elle avait une puissance capable d'anéantir une planète. Elle fut détruite par les rebelles au cours d'une mission meurtrière.

L'Empire s'engagea alors dans la construction d'une seconde Étoile Noire, plus grande et plus puissante que la précédente.

Durant ses aventures, Luke avait rencontré un vieil ermite plein de sagesse, Obi-Wan Kenobi. Celui-ci devint son premier maître dans les voies des Chevaliers Jedi.

Les Chevaliers Jedi avaient formé un ordre de guerriers nobles et courageux chargé de protéger l'Ancienne République avant l'émergence de l'Empire. Les Jedi étaient profondément convaincus de l'existence d'un pouvoir mystérieux, la Force, une puissance ancrée en toutes choses. Une puissance ambivalente, cependant, dont un Côté peut être utilisé pour le bien et l'autre pour le mal.

Pour compléter son entraînement de Chevalier Jedi, Obi-Wan Kenobi envoya Luke étudier auprès du dernier des maîtres Jedi, Yoda. Là, il reçut de troublantes révélations : la princesse Leia était sa sœur jumelle et son père n'était autre que Dark Vador. Luke apprit également que Dark Vador avait été, au temps de l'Ancienne République, un Chevalier Jedi. L'Empereur Palpatine avait réussi à l'attirer vers le Côté Obscur de la Force. Vador était maintenant obsédé par la puissance et dévoré par la haine.

Le vieux maître Jedi avait compris que le destin de Luke était de combattre son père sous peine de voir le Côté Obscur triompher. Le père et le fils s'affrontèrent deux fois en duel au sabrolaser.

Après la mort de Dark Vador et de l'Empereur Palpatine, un tyran à trois yeux prétendant être le fils de l'Empereur prit la tête de l'Empire. Mais ce tyran, nommé Trioculus, n'était qu'un menteur et un imposteur. Dans sa conquête du pouvoir, il fut aidé par le Conseil Central des Grands Moffs, un groupe de sinistres gouverneurs impériaux qui répandaient la terreur et la misère sur bon nombre de planètes de la Galaxie. Le Grand Moff Hissa avait monté de toutes pièces un plan secret visant à installer Trioculus sur le trône, plan qui s'imbriquait dans une stratégie encore plus sinistre : donner aux Grands Moffs une complète autorité sur l'Empire !

Mais Kadann, Prophète Suprême du Côté Obscur, prédit que l'héritier légitime de l'Empereur porterait le gant de Dark Vador, puissant et indestructible symbole du mal. Pour légitimer ses prétentions au trône, et unir les seigneurs de guerre qui s'entre-tuaient pour acquérir le pouvoir, Trioculus partit aussitôt en quête du gant.

Malgré tous les efforts de Luke Skywalker pour l'empêcher de récupérer la relique, Trioculus la découvrit lors d'une mission sur le monde aquatique de Calamari. Là, les Impériaux et les Rebelles survécurent de justesse à une immense explosion sous-marine, sans qu'une faction sache ce qui était arrivé à l'autre.

Trioculus doit à présent rendre visite à Kadann, afin que le Prophète Suprême lui donne son obscure bénédiction et accepte qu'il devienne le chef légitime de l'Empire.

Pendant ce temps, Luke est arrivé sur la Cité des Nuages, en mission pour l'Alliance ; il compte rendre visite à Yan Solo, parti après une dispute avec la princesse Leia, avant de retourner au quartier général de l'Alliance sur la quatrième lune de Yavin.

Sans qu'il le sache, un étrange rêve va le lancer dans une mystérieuse quête... la recherche de la légendaire Cité Perdue des Jedi !

L'ALLIANCE REBELLE

Luke Skywalker

La princesse Leia

Yan Solo

EC-100

Ken

Puce

DJ-88

Baji

L'EMPIRE

Trioculus

Grand Moff Hissa

MD-5

Grand Moff Dunhausen

Le Grand Prophète Jedgar

Commodore Zuggs

Prophète Suprême Kadann

Triclope

CHAPITRE PREMIER

LA BOMBE ET LE SONGE

Alors que Luke Skywalker frappait à la porte de l'entrepôt de Yan Solo, une mini-caméra jaillit de la paroi avec un bruit curieux pour examiner le Jedi.

BJEE-DITZZZ ! BJEE-DITZZZ !

— Je vous prie de montrer votre carte d'identité galactique et de tendre une main pour une vérification d'empreintes, dit une voix électronique.

— Mon Dieu, s'exclama Z-6PO, le droïd doré de Luke. Le capitaine Solo est devenu bien strict en matière de sécurité !

D2-R2 siffla pour manifester une opinion similaire.

— C'est peut-être parce que l'entrepôt se trouve dans Port-Ville, répondit Luke.

C'est un des quartiers les plus dangereux de la Cité des Nuages : un repaire de malfrats et de joueurs professionnels.

Le Chevalier Jedi tendit sa main gauche pour identification, puisque la droite était artificielle ; elle n'avait pas d'empreintes digitales. Une prothèse mécanique remplaçait sa véritable main, qu'il avait perdue dans un duel au sabrolaser avec Dark Vador.

ZHOOOOM !

La porte fit un grand vacarme en se soulevant, permettant à Luke et à ses droïds d'entrer.

Chewbacca le Wookie accueillit le jeune rebelle en le serrant dans ses bras.

— Rooow-rowf, grogna-t-il.

— Ne serre pas trop fort, Chewie. J'ai mal à l'épaule.

Luke, 6PO et D2 étaient venus sur la planète Bespin en mission pour le RRPS, le Réseau de Renseignements Planétaire du Sénat. Lando Calrissian, gouverneur de la Cité des Nuages, avait demandé leur aide parce que des pirates avaient pillé les réserves alimentaires des grands hôtels et des sociétés de mise en conserve des aliments. Les produits volés lors des raids avaient ensuite été envoyés sur une base secrète de l'Empire, qui avait besoin de nourriture pour alimenter ses troupes.

D2-R2 avait aidé à la conception d'un Appareil de Détection et de Surveillance — un ADS —, qui permettrait de protéger efficacement les entrepôts. C'était un système de sécurité infiniment plus sophistiqué que l'appareil primitif qui gardait l'entrée du hangar de Yan. Luke et ses droïds venaient de finir d'installer un réseau d'unités ADS et, se trouvant dans le coin, ils avaient décidé de rendre visite à leur ami.

— *ChNOOOOg-bzeeep*, dit D2 à Chewbacca. *KROOOpch shbeeek znooob pvOOOM !*

— D2 aimerait vous faire remarquer, traduisit 6PO, que l'épaule de Maître Luke a été blessée alors qu'il arrêtait un gang de pirates impériaux, tous inscrits sur les listes de recherche de la Police de la Cité des Nuages. Un de ces horribles criminels a flanqué un coup de pied dans l'épaule de notre maître, ce qui a provoqué la formation d'une ecchymose.

— On appelle ça un « bleu ». Hé, mon vieux Chewie, ajouta Luke en se massant l'épaule, tu t'occupes bien de Yan ?

— Graaawrrr, gronda le Wookie, indiquant ainsi que tout allait au mieux.

— Hello, petit gars, dit Yan Solo, sortant de sous sa maison, les bras chargés d'outils.

La structure flottait dans l'air, à environ un mètre au-dessus du sol. Le contrebandier s'épousseta et alla saluer son ami :

— Comment va Sa Majesté la princesse Leia ?

— Tu lui manques.

— Vraiment ? Je croyais qu'elle était si furieuse de mon départ qu'elle m'avait oublié !

Luke secoua la tête :

— Tu lui manques beaucoup, en fait. Quand tu lui as dit au revoir après la mission de Kessel, elle... (Le jeune homme s'arrêta au milieu de sa phrase, remarquant pour la première fois ce qui l'entourait.) Wow ! Je ne savais pas que tu fabriquais une maison, Yan.

— Une maison antigravitique, pour être précis.

Solo fit faire le tour de la construction à son ami, lui montrant ses différentes particularités :

— J'ai voyagé d'un bout de la Galaxie à l'autre, et jamais je n'ai vu un bâtiment pareil. C'est un nouveau concept, inventé par mon petit cerveau : une maison qui flotte dans le ciel. Si tu n'aimes pas le nuage où tu t'es installé, tu pars vivre sur un autre !

— Rowww-Rooff ! dit Chewbacca.

Le Wookie appuya sur les commandes des coussins répulseurs ; la structure se posa doucement sur le sol de l'entrepôt.

— Chewie veut te montrer l'agencement intérieur, dit Yan. Entre.

Luke n'en croyait pas ses yeux. La maison disposait d'une terrasse d'observation, d'une grande cuisine installée sous un dôme transparent, de plusieurs chambres équipées de lits flottants, d'une salle de séjour circulaire et orientable, d'un atelier assez grand pour réparer un speeder, d'un garage pour ranger deux intercepteurs et...

— Impressionné ? demanda Yan avec un grand sourire.

Luke hocha la tête.

— Très impressionnant, dit 6PO. Qu'en penses-tu, D2 ?

— *Chziiich !* répondit le droïd avec enthousiasme.

Luke sourit et se tourna vers Solo :

— Yan, je me demandais pourquoi il y a tant de chambres dans ta maison.

— Comment ça ?

— Eh bien, on croirait que tu as l'intention de te marier et d'avoir des enfants pour la remplir.

— Moi ? Abandonner ma liberté et rester pour toujours dans le droit chemin ? C'est l'idée la plus ridicule que j'aie entendue depuis longtemps. (Il se gratta le menton, pensif.) Bien sûr, je dois admettre qu'il existe une chance sur cent que ça arrive un jour.

Luke fixa son ami :

— Allons, Yan, tu peux tout me dire. Songeais-tu à épouser ma sœur Leia quand tu as décidé de construire cette grande bâtisse ?

Solo ricana encore :

— Si je me résigne un jour à me marier, ce qui est *fort improbable*, Leia est en tête de ma liste. Mais ne va pas te faire d'idées.

— Non, bien sûr.

En fait, Luke savait très bien quels sentiments liaient Yan à la princesse ; son ami se réfugiait derrière son apparence de dur pour ne pas montrer ses émotions.

Le contrebandier changea de sujet de conversation en nouant à sa ceinture un tablier et en cuisinant un succulent repas corellien, une spécialité de sa planète, sur ses plaques nano-ondes flambant neuves. Puis Chewbacca fit une démonstration de talents culinaires récemment découverts en préparant une délicieuse tarte aux zoochs pour le dessert.

— Mes félicitations, Chewie, dit Luke en tapotant son ventre, rassasié. C'est la meilleure tarte aux zoochs que j'aie jamais mangée ! J'aimerais bien rester plus longtemps, mais nous devons retourner sur Yavin Quatre faire notre rapport au quartier général du RRPS.

Solo et le Wookie raccompagnèrent Skywalker et les deux droïds au hangar où Luke avait garé son intercepteur spatial.

— Tu es sûr de ne pas vouloir revenir

avec moi ? demanda le Jedi. Le RRPS a besoin de ton aide.

— Pas cette fois, répondit Yan. J'ai une mission à terminer : la construction de ma maison flottante.

Les deux amis se dirent adieu et, une fois les droïds embarqués, Luke ferma le sas de son chasseur à ailes-Y. Il s'installa dans le fauteuil de pilotage, boucla sa ceinture de sécurité et laissa le temps à Yan et à Chewie de s'écarter du vaisseau.

Enfin, il appuya sur le bouton d'allumage des moteurs. Rien ne se passa, excepté :

KLIK-KLIK-KLIK...

Le bruit ne faisant que s'intensifier. Skywalker baissa les yeux pour vérifier le tableau de bord.

— Soyez prudent, Maître Luke, intervint 6PO. Ce son pourrait vouloir dire que...

Avant que le droïd puisse finir sa phrase, une explosion propulsa Luke au fond de son siège. L'impact fut tel que la ceinture de sécurité se détacha.

BROOOMMPF !

Le Jedi heurta le plancher du cockpit de la tête. L'explosion fit tomber un propulseur, qui écrasa sa main artificielle.

L'intérieur du poste de pilotage était à demi détruit. De la fumée remplit bientôt la cabine.

Quelques secondes plus tard, Yan et Chewbacca se précipitèrent à l'intérieur. Le Wookie et 6PO éteignirent le feu tandis que Solo soulevait le propulseur, libérant la main de Luke. Puis il s'agenouilla près de son ami :

— Petit gars, tu m'as l'air d'être dans un sale état, dit-il. On va te trouver un docteur.

— J'espère que vous allez vous remettre

vite, Maître Luke, intervint Z-6PO. Un des pirates nous a selon toute évidence fait parvenir un cadeau d'adieu.

— Grooooof ! gémit Chewbacca, brandissant un boîtier à demi calciné qu'il venait de trouver par terre.

— *Dweeep dzeen-boop !* siffla D2.

— Oui, D2, je sais, répondit l'autre droïd. C'est un mini-détonateur fabriqué par l'Empire.

Grâce à l'aide de Lando Calrissian, Luke fut aussitôt transporté à l'hôpital de la Cité des Nuages, où il fut examiné par une équipe de droïds médicaux. Son état de santé était passable. Skywalker souffrait de multiples contusions et de quelques côtes fêlées, mais il n'avait rien de cassé. Hélas, les servo-moteurs de sa main mécanique avaient été écrasés par le propulseur.

Le Jedi ne pouvait pas plier les doigts de sa main artificielle. Et l'hôpital ne disposait pas des pièces de rechange adéquates. En réalité, personne dans la Cité des Nuages n'aurait pu se les procurer. Luke devrait attendre de retourner sur Yavin

Quatre pour effectuer toutes les réparations.

Pour Solo, il était évident que son ami aurait besoin qu'un pilote le ramène sur la quatrième lune de Yavin. Réparer le chasseur à ailes-Y prendrait certainement plusieurs semaines ; de plus, le Jedi n'était pas en état de piloter. Le contrebandier dut se résoudre à l'idée que sa maison antigravitique devrait attendre. L'amitié passait avant tout.

Ils partirent à l'aube, Chewbacca faisant fonction de copilote. Les moteurs du *Faucon Millenium* marchaient à merveille. Dans l'hyperespace, le voyage entre la Cité des Nuages et le système solaire de Yavin fut le plus rapide jamais effectué par Solo.

Quand Luke s'éveilla, après une longue sieste, Chewbacca éteignait déjà les propulseurs ultraluminiques. Z-6PO et D2-R2 se préparaient à l'atterrissage.

Le *Faucon Millenium* amorça sa descente vers la piste principale de la base rebelle de Yavin Quatre. La princesse Leia l'attendait.

— Ne vous inquiétez pas, Votre Altesse, dit Yan d'une voix rassurante. Luke a eu un petit problème avec une bombe. Heureusement, il est aussi résistant que les singes-lézards kowakiens à neuf vies.

— Merci de l'avoir ramené, répliqua Leia.

— Les amis, ça sert à ça, répondit Solo, lui passant un bras autour des épaules. Luke m'a dit que je vous manquais. Je suis désolé d'avoir vécu en ermite ces derniers temps, princesse. Je me rattraperai, je vous le promets.

Yan arrêta Leia, le temps de lui donner un long baiser. Et, malgré les protestations de la princesse, il se prolongea encore.

Alors que Luke gardait le lit à la Clinique Centrale de Yavin Quatre, récupérant de l'opération qui lui avait redonné l'usage de sa main mécanique, la princesse Leia lui demanda la permission d'envoyer 6PO et D2 dans la ville voisine de Vornez.

— Je veux qu'ils accueillent un groupe de droïds de protocole fraîchement arrivé de la planète Tatooine, expliqua-t-elle. Ils ne connaissent pas autant de langues que

Z-6PO, et ils n'ont jamais été programmés pour traduire le langage d'une unité D2.

— Je pense pouvoir survivre sans eux pendant une semaine ou deux, répliqua Skywalker.

Quelques jours plus tard, alors que Luke avait presque récupéré, il retourna dans son sanctuaire privé, sur Yavin : une tour de pierre blanche, construite des siècles plus tôt par une civilisation disparue, les Massasis. Sur cette lune couverte de végétation, la majeure partie des merveilles archéologiques tenait encore debout, rappelant l'antique peuple et sa civilisation.

La chambre de Skywalker était située au sommet de l'édifice, sous le chemin de ronde. Debout près d'une baie vitrée, il admira l'extraordinaire vue qu'il avait sur la forêt tropicale. A la tombée de la nuit, le jeune Jedi s'allongea sur son lit et contempla les étoiles. Epuisé, il s'endormit aussitôt.

Son sommeil fut des plus agités.

Dans son rêve, Luke se vit en mission secrète, à bord de son speeder. Il fonçait au-dessus des cimes de la forêt de Yavin

Quatre quand, soudain, les arbres prirent feu. La fumée l'enveloppait. Il toussait, suffoquait et perdait le contrôle de son véhicule.

Le speeder s'écrasa dans la végétation. Luke fut éjecté ; sa chute fut amortie par les lianes et le feuillage épais. Enfin, il toucha le sol humide. Levant la tête, il vit une muraille circulaire constituée de blocs de marbre vert. Au centre se dressait un transport tubulaire, servant visiblement à descendre dans le sous-sol de la planète.

Alors apparut son Maître Jedi, Obi-Wan Kenobi, près du mur de l'édifice. Le vieil homme lui fit signe d'approcher.

— Luke, dit Obi-Wan, voici l'entrée de la Cité Perdue des Jedi, enfouie sous la terre. L'histoire de la Galaxie et de ses mondes y est enregistrée. Ce grand savoir est protégé par des droïds archivistes. Ton destin est lié à quelqu'un qui réside dans la cité.

« Souviens-toi de ce code, Luke. Son importance deviendra bientôt claire pour toi : JE-99-DI-88-FOR-00-CE.

Puis il disparut.

Luke s'éveilla en sursaut. Des gouttes de sueur perlaient sur son front. Il sentit une douleur au niveau de ses côtes.

Il était tôt le matin. Skywalker sortit de son lit, approcha de la fenêtre et jeta un coup d'œil au paysage. Il se demanda ce que signifiait son rêve. Depuis le jour où Obi-Wan Kenobi avait été tué par Dark Vador dans un duel au sabrolaser, le Maître Jedi lui était apparu plusieurs fois. A l'instant de sa mort, son corps s'était mystérieusement volatilisé, quittant le monde physique pour un lieu inconnu.

Obi-Wan Kenobi était un Maître de la Force. Luke la sentait le tirailler.

Il s'habilla, dévala l'escalier de la tour, puis grimpa dans son speeder.

Bientôt, il fonçait au-dessus des cimes de la forêt de Yavin Quatre, comme dans son rêve, en réfléchissant aux étranges paroles de son ancien mentor.

Luke fit accélérer son véhicule, chaque fois plus.

Il ne comprenait pas pourquoi. Il ne savait pas où il allait.

Il se contenta de faire confiance à la Force... et d'accélérer.

CHAPITRE II

LE VOYAGE SECRET DE KEN

Ken dormait profondément quand son mooka sauta sur son lit pour lui lécher le visage afin de le réveiller. C'était ainsi *tous* les matins. Quand apprendrait-il que les garçons n'aimaient pas qu'on les tire trop tôt du lit ? Surtout des garçons de douze ans comme Ken, qui se couchaient toujours tard.

— Kshhhhhhh, gémit l'animal. Kshhhhhhhhh.

— Du calme, Zeebo, dit Ken en le repoussant. Combien de fois devrai-je te dire de ne pas sauter sur mon lit le matin ? Tu crois que j'aime avoir des plumes sur mon oreiller ?

— Kshhhhhhh.

— Et arrête de faire du bruit dans mon oreille, ajouta l'adolescent. Tu t'y amuses chaque matin. Je souhaiterais entendre, ne serait-ce qu'une fois, l'aboiement d'un chien ou le miaulement d'un chat, plutôt que le « kshhh » d'un mooka.

Zeebo émit un son désolé.

— Allons, Zeebo, je n'ai pas dit ça méchamment. (Ken le caressa derrière ses quatre oreilles pointues.) Ne sois pas jaloux. Tu sais bien que je t'aime. De plus, je n'ai jamais vu de chat ni de chien — excepté dans la Bibliothèque des Jedi.

L'adolescent sortit de son lit et se dressa sur la pointe des pieds pour atteindre son bloc-notes informatique, qui l'aidait à organiser son emploi du temps et à écrire des rédactions. Ken le cachait sur la plus haute étagère de sa chambre, pour éviter que EC-100, son droïd Educo-Correcteur, ne le trouve s'il venait fouiner.

EC-100 ressemblait à un droïd que le jeune garçon avait étudié : Z-6PO, un robot doré qui appartenait au Chevalier Jedi Luke Skywalker.

DJ-88, le vieux et sage droïd qui s'occupait de la Bibliothèque, avait conçu EC-100 dans le but spécifique de corriger les devoirs de Ken.

L'adolescent examina son bloc-notes, appuyant sur le clavier pour faire apparaître un exposé appelé « Les Lunes de Yavin ».

Sur l'écran, à côté du titre, apparut le nombre 65, suivi d'un commentaire : « Tu peux faire mieux que ça, Ken. Suggestion : ajoute quelques détails sur les lunes un et deux. »

— Oh, non ! s'exclama Ken. Ce n'est pas juste, Zeebo. EC s'est introduit chez moi, il a trouvé mon bloc-notes, et il a lu mon devoir alors que je n'avais pas encore terminé ! Il m'a mis un 65 ; c'est nul ! EC devient un espion et une nuisance... Il ne me manquera pas quand je partirai aujourd'hui pour mon voyage secret dans le Monde-d'en Haut.

— Kshhhhhh... gémit le mooka en se précipitant dans ses bras.

— Bien sûr que tu me manqueras, dit l'enfant. Et je sais que je vais te manquer. A Puce et à DJ aussi, probablement, si les droïds avaient des sentiments.

Le garçon considérait Puce, Micropuce de son vrai nom, comme son meilleur et unique ami. Il aurait préféré que le droïd fût humain, plutôt qu'un robot programmé pour agir comme un enfant.

Ken admirait énormément DJ-88, mais il ne le tenait pas pour un ami parce que c'était son professeur. Le droïd lui apprenait l'astronomie, l'écologie, l'informatique et quinze autres matières encore.

— D'une certaine manière, Zeebo, continua l'adolescent, c'est grâce à DJ que j'ai découvert le code du transport tubulaire qui permet d'atteindre le Monde-d'en Haut. Bien sûr, il n'en sait rien. J'ai jeté un coup d'œil sur un dossier qu'il m'avait interdit de consulter. Je sais que j'ai eu tort. Mais j'ai toujours voulu visiter le Monde-d'en Haut, et les droïds refusent de me laisser m'y rendre. Tu te rends compte : voir les forêts tropicales de Yavin Quatre, monter dans un chasseur spatial de l'Alliance, peut-être même...

Soudain, sans avoir pris la peine de frapper à la porte, Puce entra dans la chambre, un vaporisateur de dentifrice et du savon dans les mains.

— Je te souhaite le bonjour, Ken. (Le robot était argenté, avec des membres flexibles qui pouvaient se tordre dans n'importe quelle direction.) Je vois que tu n'es pas encore prêt à te rendre à la bibliothèque pour tes cours avec DJ. Si le mooka ne te réveille plus à temps, il faudra que je trouve autre chose.

Ken ôta son pyjama et enfila ses vêtements argentés d'écolier. Il ne savait pas pourquoi, mais l'argent était sa couleur préférée. C'était peut-être à cause du cristal semi-transparent qu'il portait toujours autour du cou ? Ou parce qu'il s'agissait de la couleur de Puce ? Le droïd était son ami depuis ses premiers balbutiements.

Puce fit quelques pas maladroits en direction du mur d'eau qui coulait le long d'une paroi du dôme d'habitation. Le jet naturel d'eau chaude ne cessait jamais de couler dans la chambre de Ken. Il provenait d'une source souterraine, et le jeune garçon l'utilisait tous les matins pour faire sa toilette.

Le droïd, qui avait à peu près la taille de l'adolescent, remplit un récipient.

— Tu aurais dû te laver les dents et te coiffer depuis longtemps ! s'exclama-t-il.

Ken se passa une main dans les cheveux :

— J'aime être ébouriffé. Et je ne crois pas qu'un garçon de douze ans ait besoin d'aide pour se nettoyer les dents. Qu'en penses-tu ?

— Maître Ken, tu sais bien que je ne pense pas. J'obéis à ma programmation, et elle est stricte : réveiller Ken, laver Ken, nourrir Ken, dire à EC si Ken a bien fait ses devoirs. A ce propos, regarde par la fenêtre.

L'adolescent n'avait pas besoin de ça pour savoir que EC allait faire son entrée. Le droïd d'éducation avait un pas très facilement reconnaissable, comme un soldat, et Ken l'entendait toujours avant de le voir.

EC entra dans le dôme. Ses yeux bleu métallique ne perdaient rien de ce qui l'entourait, et sa bouche en « O » lui donnait toujours l'air d'être surpris. Dès qu'il se mettait à parler, le droïd rappelait à Ken un adjudant de l'armée de l'Alliance Rebelle.

— C'est l'heure de la correction des devoirs ! déclara EC-100. J'espère sincèrement que tu as prêté plus d'attention à tes autres travaux qu'à ton exposé sur les lunes de Yavin.

— EC, je n'avais pas encore terminé ! protesta Ken. Tu es entré ici en mon absence et tu l'as noté !

— Mes excuses. Il m'a paru complet.

— Il ne l'était pas, insista l'enfant. Pour ta gouverne, j'avais l'intention d'ajouter des détails sur les lunes un et deux. J'aimerais que tu ne viennes pas chez moi quand je ne suis pas là, et que tu ne notes pas mes devoirs avant qu'ils soient finis !

— Tu connais le règlement, dit EC. J'ai la permission de faire des inspections surprises à ma discrétion.

Le droïd d'éducation alla jusqu'au bureau de Ken et trouva le bloc-notes qu'il cherchait :

— Voyons, pour tes cours de philosophie Jedi, tu as écrit un exposé sur la Force. C'est un excellent sujet de devoir. Et je vois que tu as fini de répondre au questionnaire historique sur la Grande Guerre contre l'Empire. Tu as appris à épeler correctement le nom de l'Empereur Palpatine ; c'était sans nul doute un terrible despote. Sa mort est un bienfait pour la Galaxie. Et qu'est-ce que c'est... hum... Tu as correctement décrit le rôle de Dark Vador, le second de Palpatine... Oh, non ! Tu as commis une grave erreur dans ton questionnaire sur l'Alliance Rebelle. Luke Skywalker ne pilotait pas le *Faucon Millenium* lors de l'attaque de la première Etoile Noire. C'était Yan Solo, accompagné par Chewbacca. Je croyais que tu le savais, Ken !

L'enfant soupira :

— Oui, je le sais. Je devais rêver, c'est tout.

— Tu rêvais ? répéta EC, surpris. A quoi ?

Ken se demanda ce qu'il devait révéler au droïd. Il y réfléchit en passant un index sur son pendentif argenté. Le cristal avait la forme d'une demi-sphère veinée de lignes bleues. Il était attaché à une fine chaîne d'argent. Ken le portait depuis toujours, même avant d'être amené dans la cité souterraine. Il ignorait qui le lui avait donné. Si les droïds le savaient, ils n'en disaient rien.

— Je rêvais de rencontrer Luke Skywalker, Yan Solo et Chewbacca, dit-il finalement. Je m'imaginais en train de voler avec eux à bord du *Faucon Millenium* !

EC secoua la tête :

— Honnêtement, Maître Ken, tu m'inquiètes parfois. Un enfant qui veut partir se promener dans la Galaxie avec l'Alliance ! Souviens-toi de ce que DJ t'a dit. Là où nous vivons, le mal n'existe pas. Mais dans le Monde-d'en Haut, les espions de l'Empire sont partout, et le Côté Obscur de la Force est puissant.

— Je n'ai pas peur du Côté Obscur, rétorqua Ken, finissant de se préparer. Je suis assez grand pour me rendre dans le Monde-d'en Haut. Je veux savoir à quoi ressemble le soleil !

— Insensé.

Pendant qu'EC continuait de lire les devoirs de son élève, Puce brancha le vaporisateur de dentifrice et le mit dans la bouche de Ken.

— Tu seras assez grand pour connaître le Monde-d'en Haut quand DJ le décidera, et pas avant ! s'exclama le droïd de compagnie. N'oublie pas que nous sommes programmés pour nous occuper de toi et nous assurer qu'il ne t'arrive rien. Tu es un enfant très important ! N'est-ce pas, EC ?

— En effet.

Ken sortit le vaporisateur de sa bouche :

— Pourquoi suis-je si important ?

— Eh bien, parce que *nous* t'avons élevé, expliqua EC. Il y a peu d'enfants qui peuvent se vanter d'avoir été éduqués par les droïds des Chevaliers Jedi. Et je dois ajouter que nous t'avons appris beaucoup de secrets des Jedi ! Pourquoi crois-tu que nous te traitons comme un roi ? Ou comme un prince... un prince Jedi ?

— Personnellement, je ne pense pas que les *vrais* princes supportent qu'on leur enfourne un vaporisateur de dentifrice dans la bouche tous les matins. De même, ils ont droit à des banquets, pas à du sirop vitaminé au petit déjeuner, au déjeuner et au dîner.

— Tu exagères, dit Puce.

EC continua de lire les devoirs.

— Comment suis-je arrivé ici, d'ailleurs ? demanda l'adolescent. Et quand me direz-vous qui sont mes parents ?

— DJ est programmé pour te donner les réponses à ces questions, Maître Ken, expliqua Puce. Il a promis de te le dire quand le moment sera venu.

— Mais quand ?

— Personne ne le sait, excepté DJ.

— Et ce doit être ainsi, ajouta EC sans lever la tête.

— DJ aime garder des secrets, soupira Ken. Il ne me dira probablement rien tant que je ne serai pas aussi vieux que le commander Luke Skywalker, ou quand j'aurai deux cent sept ans, comme...

— Chewbacca a deux cent cinq ans, corrigea le droïd d'éducation.

Puce remit le vaporisateur dans la bouche de l'humain ; Ken le ressortit aussitôt :

— Vous êtes-vous seulement demandé si je ne me lassais pas d'être protégé tout le temps ? Surtout par des droïds ?

— Je te l'ai dit mille fois, Maître Ken. Je ne *pense* pas, expliqua Puce. Tu devrais le savoir.

— Moi non plus, je ne pense pas, ajouta EC. J'évalue et je traite les informations... et je note les devoirs, bien sûr.

Heureusement, on n'a pas besoin de penser pour donner des notes.

Ken s'assit sur son lit et installa son oreiller sous la tête, contre le mur :

— Si vous aviez cette faculté, vous sauriez que j'aimerais avoir des amis de mon âge.

— Mais, Maître Ken, j'ai été fabriqué le mois où tu es né, répondit Puce. J'ai le même âge que toi.

— Je parlais d'un ami *humain*. Pas d'un droïd.

— Je t'en prie, Maître Ken. Ne pense plus à ça. Il est temps de te laver le visage, de nettoyer tes oreilles et de boire ton sirop vitaminé. Tu dois te dépêcher d'aller à la Bibliothèque des Jedi. DJ t'attend.

— Mes oreilles et ma figure sont propres. Et je n'ai pas faim, un point c'est tout. Au revoir !

Ken gratta son mooka derrière les oreilles. Puis il prit son bloc-notes informatique et sortit du dôme, apparemment décidé à se rendre à la bibliothèque.

Tandis qu'il empruntait un chemin rocailleux, l'adolescent promena son regard dans l'immense caverne. Il savait que c'était peut-être la dernière fois qu'il voyait sa maison, du moins pour un certain temps.

La caverne contenait des dômes, grands ou petits, agréablement éclairés par des bulles lumineuses et des rochers fluorescents. Il y avait des tubes de transport, des cubes informatiques et des droïds de diverses tailles vaquaient à leurs tâches spécifiques dans tous les coins.

Ils étaient toujours occupés : ils modifiaient les ordinateurs, fabriquaient de nouveaux droïds, réparaient des machines ou les générateurs de puissance et entretenaient les dômes de la ville. De temps en temps, ils se rendaient même dans le Monde-d'en Haut pour chercher du matériel, ou des informations pour compléter l'histoire de la Galaxie de la Bibliothèque des Jedi.

Lorsque Ken atteignit la fourche au bout du chemin, il ne prit pas à droite pour aller à la bibliothèque. Il tourna à gauche, vers le transport tubulaire qui conduisait à la surface de Yavin Quatre. Le vrombissement de l'appareil était couvert par le bruit des battements de son cœur.

Ken ouvrit son bloc-notes et en sortit la carte-clef métallique qu'il avait secrètement fabriquée pendant les cours de Réparation de Droïds. La clef avait la même forme et la même taille que celle de DJ. L'adolescent savait qu'il avait programmé les bons codes dans la carte. Mais fonctionnerait-elle ?

Le transport tubulaire illuminé attendait d'effectuer un nouveau voyage vers la surface impliquant de traverser des kilomètres de roc. Ken se sentait paré à affronter le Monde-d'en Haut, un univers qu'il ne connaissait qu'au travers de livres, d'images et d'hologrammes.

Il serra les dents et inséra sa clef dans la fente prévue à cet effet.

VWOOOOP !

La porte du transport s'ouvrit, l'invitant à entrer. C'était le moment qu'il attendait depuis si longtemps !

Soudain, il entendit des pas métalliques derrière lui.

— Ken, c'est irrégulier ! s'écria une voix familière.

L'enfant jeta un coup d'œil par-dessus son épaule : c'était Puce !

— C'est même pire, continua le droïd de compagnie. C'est interdit ! Tu sais que tu n'as pas le droit d'entrer dans le transport tubulaire pour monter à la surface tant que tu ne seras pas un homme. De plus, tu n'as pas pris ton sirop vitaminé. Comment espères-tu devenir assez grand pour te défendre seul ?

— Mais je déteste le goût du sirop vitaminé ! protesta Ken. Je veux savoir, une fois dans ma vie, à quoi ressemble la vraie nourriture. Je veux avoir un dessert. Je ne parle pas de vitamines parfumées à la menthe, mais de *vrais* desserts, comme tous les enfants en mangent. Je veux voir le ciel, et la forêt. Je veux partir vers les étoiles et visiter d'autres planètes.

— Que dirait DJ s'il le savait ? l'interrompit Puce. Je vais te l'expliquer : il déclarerait que j'ai failli à mon devoir en te laissant partir là où tu pourrais être tué par les troupes impériales, dévoré par des bêtes sauvages, ou...

— Puce, je vais visiter le Monde-d'en Haut. N'essaie pas de m'arrêter. Mais, puisque tu es là, viens avec moi. J'ai besoin d'un droïd pour m'aider.

DWEEP-DWEEP !

C'était le signal indiquant que les passagers devaient entrer au plus vite dans le transport.

— Tu ne sais pas ce qui t'attend là-haut ! s'écria Puce, proche de la panique. Que sais-tu donc des chasseurs de prime, des troupes impériales, des grands Moffs, des chauves-souris mynocks ou des créatures de Rancor ? Sans parler des esclavagistes qui t'enlèveraient pour te vendre comme main-d'œuvre dans les mines de Kessel !

L'adolescent ignora le droïd. Il le prit par le bras et le tira derrière lui dans le transport. La porte se referma brusquement. Ken appuya sur le bouton donnant accès au Monde-d'en Haut. La cabine d'ascenseur s'éleva comme une fusée.

PHWOOOOOSH !

Elle montait plus haut, toujours plus haut. Ken regarda par le hublot. Des lumières diffuses semblaient défiler dans l'obscurité, comme des étincelles multicolores. C'était le reflet des pierres fluorescentes de la caverne.

— Du calme, Puce, dit-il. On va bien s'amuser.

— S'amuser, Maître Ken ? Les droïds ne sont pas programmés pour s'amuser. Tu devrais le savoir.

— Crois-moi, je le sais.

Soudain, Ken eut l'impression que son estomac le trahissait. Le transport allait si vite qu'il paraissait ne plus être sous le contrôle de l'ordinateur central.

L'humain et le droïd agrippèrent la rambarde de sécurité de toutes leurs forces.

— Misère, gémit Puce. Je n'ai pas été conçu pour affronter le Monde-d'en Haut.

Ken ferma les yeux et retint sa respiration. Quand il n'eut plus d'air, il sentit l'ascenseur ralentir, puis s'arrêter enfin.

DZZZZT !

La porte s'ouvrit. L'enfant fit ses premiers pas hésitants dans la forêt tropicale.

Devant lui se dressait un magnifique mur de marbre vert. Puce le rejoignit ; ensemble, ils se dirigèrent vers une arche. La lumière de la forêt brûlait les yeux de Ken.

Il avait l'impression d'être déjà venu ici. C'était peut-être le jour où, comme le lui avaient expliqué les droïds, le Maître Jedi en robe marron l'avait porté dans la cité construite par les anciens Chevaliers. C'était là qu'il l'avait abandonné, sans souvenirs de son passé, excepté le cristal qu'il portait autour du cou. Ken n'avait même pas d'hologramme qui aurait pu l'aider à savoir qui étaient son père et sa mère.

L'adolescent continua d'avancer, conduisant Puce dans des bosquets d'arbres et de lianes ; il ignorait où il allait. Ses oreilles accueillaient avec excitation les sons de la jungle : les bruissements et les crissements qui emplissaient l'air comme un chant joyeux. Très vite, les deux amis eurent perdu leur chemin. Ils ne savaient plus comment retourner au mur circulaire de marbre vert qui abritait le transport tubulaire !

CHAPITRE III

VOL AVEC LA FORCE

Alors que le croiseur impérial de Trioculus plongeait dans les profondeurs de l'espace, le Grand Moff Hissa soupira, soulagé. C'était bon de repartir dans le cosmos. Enfin, ils étaient en sécurité.

Se remémorant sa fuite du submersible chasseur de Baleinodons sur Calamari, en compagnie de Trioculus, il sentit son pouls s'accélérer. Ils avaient échappé de justesse à l'explosion sous-marine provoquée par Luke Skywalker.

A présent, ils se rendaient dans la Zone du Néant pour voir Kadann, Prophète Suprême du Côté Obscur. Et Trioculus, l'homme aux trois yeux, qui s'était déclaré nouveau dirigeant de l'Empire, arborait fièrement la relique qu'il avait découverte durant leur odyssée sous-marine : le gant de Dark Vador.

Le Grand Moff Dunhausen, le loyal second de Hissa, approcha. Ses boucles d'oreilles cliquetaient à chaque pas. Le commander portait toujours des boucles d'oreilles en forme de blaster.

Dunhausen informa Hissa d'un message déconcertant qu'il venait de recevoir ; le Grand Moff se mordit la lèvre et baissa la tête. Il aurait voulu avoir de bonnes nouvelles à annoncer à Trioculus, mais celles-ci manquaient cruellement.

Hissa rejoignit son chef dans sa cabine privée.

— Seigneur Obscur, commença-t-il, le Grand Amiral Grunger refuse que vous receviez la couronne en tant qu'héritier de l'Empereur... Du moins jusqu'à ce que Kadann, Prophète Suprême du Côté Obscur, vous ait octroyé sa bénédiction officielle. Dans ce cas, Grunger oubliera ses objections et ordonnera à sa flotte spatiale d'obéir à vos ordres.

Trioculus grinça des dents :

— Et quelle est son excuse pour me refuser sa loyauté ?

— Comme beaucoup d'autres, mon Seigneur, il doute que vous soyez le fils de l'Empereur Palpatine.

— Et la COMPORN ? gronda le despote. A-t-elle répondu ?

La COMPORN était la Commission pour la Préservation de l'Ordre Nouveau, un puissant groupe de terroristes impériaux.

— Monseigneur, la COMPORN aussi attend la bénédiction de Kadann pour se mettre à vos ordres.

Trioculus, furieux, cligna des trois yeux :

— Que veut donc ce nain à la barbe noire ? Il a prophétisé que le nouvel Empereur porterait le gant de Dark Vador, et je l'ai trouvé ; ça devrait lui suffire !

— Kadann est peut-être un nain, mais je vous suggère de ne pas le sous-estimer, monseigneur, répondit Hissa. Avant qu'il ne vous bénisse au nom des puissances du mal, il doit examiner le gant pour s'assurer qu'il s'agit bien de l'original. Vous feriez mieux de le respecter et de vous méfier de lui. Il est vicieux. Attendez-vous à ce qu'il tente de vous tromper... et de vous tester.

Trioculus saisit un levier de commande dans sa main droite, celle qui portait le gant de Dark Vador.

— Autre chose à propos de Kadann, monsieur, ajouta le Grand Moff. Il est important que vous lui disiez toujours la vérité, quoi qu'il vous demande. Personne n'a jamais menti au Prophète Suprême du Côté Obscur sans le payer de sa vie.

Le tyran plissa le front, serrant encore plus le levier de commande, comme s'il étranglait un garde impérial désobéissant. La balise située au sommet du croiseur s'alluma. Elle envoya un message, sous la forme d'un rayon lumineux intense perçant les ténèbres cosmiques, à la recherche de sa destination : la Station Spatiale Scardia, sanctuaire des Prophètes du Côté Obscur.

Luke Skywalker volait toujours au ras des cimes des forêts de Yavin Quatre. Son speeder avait battu des records de vitesse. Le Jedi plissait les paupières pour mieux supporter le vent qui lui frappait le visage. Son véhicule filait dans les airs sans connaître sa destination. C'était comme si quelqu'un d'autre pilotait le speeder, comme s'il était attiré par un pouvoir plus grand que celui de Luke.

Au-dessous de lui, les arbres n'étaient plus qu'une traînée verte uniforme. Les seules choses qu'il reconnaissait encore étaient les gigantesques pyramides qui se découpaient à l'horizon.

Mais Luke les perdit rapidement de vue. Il était seul dans le ciel, sans comprendre où il allait, ni pourquoi. Puis il vit une pierre dépasser de la cime des arbres.

Il fit ralentir son speeder et s'arrêta.

Il découvrit une sorte de clocher, perché au sommet d'un petit temple construit par les Massasis et dissimulé par la végétation.

Skywalker fit atterrir son véhicule. Enfin, il foula le sol humide aux alentours de l'ancien édifice. Il faisait sombre ; le feuillage était si épais qu'il ne laissait pas passer la lumière du soleil.

Luke se sentit une fois de plus attiré. La Force le guidait, l'invitant à franchir un entrelacs de lianes et de fleurs odorantes, droit devant lui.

Une voix intérieure lui dit cependant de faire demi-tour. Sa conscience lui rappelait que la princesse Leia, Yan Solo et Chewbacca s'inquiéteraient de son absence.

Pour l'instant, Skywalker obéissait à une autre voix, si douce qu'elle en devenait à peine audible. C'était la voix intérieure de la Force, que seul un Chevalier Jedi pouvait entendre.

Luke abandonna son speeder près du temple et traversa le mur d'épaisse végétation.

Il entendit quelqu'un parler en vers, et s'arrêta prudemment.

« De loin tu es venu

Et ici tu es le bienvenu. »

Un étrange extraterrestre humanoïde à la peau vert émeraude d'apparence caoutchouteuse cueillait une fleur violette. Quand il se redressa, Luke vit qu'il mesurait près de trois mètres de haut. Au lieu d'une chevelure, des lianes reptiliennes s'enchevêtraient sur son crâne.

L'étranger se retourna vers Skywalker et parla encore :

« Mon nom est Baji
Je suis heureux de te voir ici. »

L'expérience avait appris à Luke à ne jamais faire trop confiance à un étranger. Il posa une main sur son sabrolaser, ne sachant pas si Baji était un ami ou un ennemi prétendant être pacifique.

— Que fais-tu ici, Baji ? demanda-t-il.

« Un soigneur Ho'Din je suis
A ces plantes je m'intéresse
Car elles apportent à mes amis
La santé, véritable richesse. »

Baji brandit la fleur sous le nez du Chevalier Jedi. Luke ôta doucement sa main de la garde de son arme et caressa les pétales violets. Il respira son parfum fort et sucré.

L'étranger expliqua :

« *Un soigneur Ho'Din jamais ne ment*
Les plantes ont un pouvoir bienfaisant
Rares sont les lieux où elles poussent
Mais leur application est douce. »

Soudain, le jeune homme remarqua derrière un bosquet un éclat lumineux argenté. Cela ressemblait à du métal. Etait-ce une arme ?

Luke bondit, tira son sabrolaser et l'alluma. C'était à présent une épée scintillante, prête à la bataille.

— Sortez de là, qui que vous soyez !

Il y eut un bruissement de feuilles écrasées. Quelqu'un se terrait dans le buisson essayant de s'accroupir pour ne pas être vu.

— Montrez-vous. C'est mon dernier avertissement !

Un droïd argenté, ressemblant à un petit garçon, jaillit du feuillage :

— Ce n'est pas juste ! s'exclama-t-il.

Avez-vous pour habitude de menacer les petits droïds innocents qui se promènent en forêt ?

— Pourquoi nous espionnes-tu ? demanda Luke. Qui es-tu ?

— Je ne suis pas programmé pour donner mon nom à des étrangers.

— C'est tout à fait ce que dirait un espion, rétorqua Skywalker.

Un enfant de douze ou treize ans apparut au côté du droïd :

— N'en voulez pas à Puce, dit-il. C'est *moi* qui l'ai obligé à venir ici. Mais je vous préviens, si vous travaillez pour l'Empire du Mal, vous ne me prendrez jamais vivant !

Luke sourit :

— Je ne suis pas un soldat impérial. J'ai certainement combattu plus de membres des troupes de choc de l'Empire que tu ne peux l'imaginer. Quel est ton nom ?

— Ken.

— Ken comment ?

L'adolescent haussa les épaules :

— Seulement Ken. Les droïds ne m'ont jamais donné de nom de famille.

— Quels droïds ?

— Puce et tous ceux qui vivent près de mon dôme d'habitation, bien sûr, répondit Ken en caressant le cristal argenté qui pendait à son cou. Vous posez toujours autant de questions aux étrangers ?

Il brossa ses vêtements pour se débarrasser des feuilles et des épines, puis sortit complètement du buisson. Puce, dont les pieds étaient coincés par une liane, tenta vainement de se dégager de la plante.

— Laisse-moi t'aider, proposa Skywalker.

FWOOP !

Le sabrolaser coupa la liane pour libérer le droïd. Luke remit l'arme à sa ceinture.

— Merci, dit Puce. Je me sens mieux. Mais, au cas où vous ne l'auriez pas remarqué, j'allais me libérer tout seul.

— Et si vous nous disiez vos noms ? fit Ken.

Baji parla le premier :

« Mon nom est Baji
Ma planète Moltok est loin d'ici. »

— Et je suis le commander Skywalker, Chevalier Jedi et pilote de l'Alliance. Je viens de Tatooine.

La bouche de Ken s'ouvrit toute grande, comme si elle était coincée.

Ses yeux bleus brillaient d'émerveillement.

Il se mit à genoux et inclina la tête, comme s'il était prêt à se faire sacrer chevalier par un grand roi :

— Commander Skywalker ! Je n'arrive pas à y croire. Je pensais bien que c'était vous, mais je me suis dit que ce n'était pas possible. C'est le plus grand honneur de ma vie !

— Tu as entendu parler de moi ?

— Entendu parler de vous ! Je sais presque tout ce que vous avez fait !

Luke mit les mains sur ses hanches :

— Vraiment ? Même moi, je ne me souviens pas de tout.

— Yoda était votre Maître Jedi ! continua l'adolescent. Et, avant de le rencontrer, c'est Obi-Wan Kenobi qui vous a enseigné les bases de la Force. Et vous avez sauvé votre sœur, la princesse Leia, de Dark Vador, en réalité votre père, qui s'était tourné vers le Côté Obscur quand...

Ce fut au tour de Luke de rester bouche bée. *Qui* était cet enfant ?

— Ce n'est pas régulier, interrompit Puce. Ce matin encore, EC corrigeait les devoirs de Ken, et il semblait ne rien savoir sur vous, commander Skywalker. Il pensait que c'était *vous*, le pilote du *Faucon Millenium*, au lieu de Yan Solo. Mais maintenant qu'il a fui notre maison souterraine, il croit tout savoir et pense qu'il n'a plus besoin de ses enseignants droïds.

— Pourquoi as-tu fait une fugue ? demanda le Jedi.

— Vous prendriez la fuite aussi si vos seuls amis étaient des droïds !

Etonné, Luke plissa le front et posa une main sur l'épaule de Ken :

— La maison dont tu parles, Ken. Est-ce une cité souterraine construite il y a longtemps par des Chevaliers Jedi ?

Avant que l'enfant ait le temps de répondre, ils entendirent des craquements dans la forêt. Quelqu'un approchait.

Baji recula prudemment tandis que Luke s'emparait de son sabrolaser. Soudain, un grand droïd, à l'air puissant écarta des branches et s'avança vers eux.

Son corps était blanc, et ses yeux rouges irradiaient comme des rubis. Son visage digne et austère portait même une barbe métallique.

— DJ ! s'exclama Ken. Que fais-tu là ?

Il était tellement surpris qu'il en lâcha son bloc-notes informatique.

— Tu as des explications à me fournir, mon garçon, gronda DJ. Le règlement a été établi pour te protéger jusqu'à l'âge adulte. Quant à toi, Puce, tu as trahi ma confiance !

— J'ai fait de mon mieux pour l'empêcher de venir dans le Monde-d'en Haut, expliqua le petit droïd. Mais c'est un enfant désobéissant, avec la tête dure comme la pierre. Il n'écoute pas les ordres, tu le sais.

— Je serais heureux que le commander Skywalker me donne des ordres, dit Ken, fixant le dernier des Chevaliers Jedi. Commander Skywalker, je veux rejoindre l'Alliance. M'emmènerez-vous ? Je veux voler dans un intercepteur, combattre l'Empire, et...

Avant qu'il termine sa phrase, sans que Luke ait le temps de réagir, DJ leva les mains. Un nuage de fumée blanche jaillit de ses doigts.

FWISHSHSHSH !

Le nuage devint aussitôt une brume impénétrable.

Skywalker toussa en respirant la fumée blanche. Se frottant les yeux, il les écarquilla pour percer le bouclier gazeux. Mais il était enveloppé par le nuage.

Il appela Ken. Mais quand la fumée fut dissipée, l'adolescent, Puce et DJ avaient disparu.

— Je dois retrouver Ken ! s'exclama le Jedi.

Il était convaincu que l'enfant pourrait le conduire à la Cité Perdue des Jedi dont Obi-Wan Kenobi lui avait parlé dans son rêve. Luke comprenait à présent pourquoi la Force l'avait guidé jusque-là.

Baji se tourna vers lui :

« Chevalier Jedi
Ta quête est d'avance perdue
Car dans la forêt tropicale
Ils ont disparu. »

Mais Skywalker était déterminé à découvrir où ils étaient partis. Il se mit à chercher une piste, un indice de leur passage.

Luke avait disparu dans la verdure quand Baji ramassa le bloc-notes informatique que Ken avait laissé tomber. Il l'ouvrit. A l'intérieur de la couverture, l'enfant avait écrit :

Ce bloc-notes appartient à Ken
Dôme d'habitation 12
Allée Jedi-Sud.

This Notebook
belongs to
Ken
Dome-House 12
South Jedi Lane

CHAPITRE IV

OBSCURE BÉNÉDICTION

— Nous approchons de la Zone du Néant, Votre Seigneurie, dit le commodore impérial Zuggs, l'officier chauve qui pilotait le croiseur de Trioculus.

— Lancez les senseurs à la recherche de la Station Spatiale Scardia, ordonna le tyran.

— Bien, monsieur.

Scardia était un avant-poste de forme cubique, situé dans la Zone du Néant, où vivaient les Prophètes du Côté Obscur. A cet instant, quelque part à l'intérieur de l'immense cube, le Prophète Suprême Kadann attendait l'arrivée de Trioculus.

Vêtu d'une ample robe scintillante, le

nain à la barbe noire traversait l'une des nombreuses coursives de la station, en direction de la Chambre des Visions Obscures. Il savourait tranquillement une tasse de thé, un breuvage brûlant qui aurait enflammé la langue d'un homme ordinaire.

Le thé de Kadann était composé de feuilles infectées par des champignons qui poussaient sur la lune forestière d'Endor, la planète des Ewoks. Certains disaient que la boisson épicée l'aidait à rêver de l'avenir.

Mais les prophéties de Kadann ne lui venaient pas toujours des songes. Son inspiration avait le plus souvent pour origine son réseau d'espions, dont l'efficacité n'avait d'égale que la cruauté. Ils lui rapportaient régulièrement des informations secrètes. Cet avant-poste, officieusement, était le Bureau des Renseignements Impériaux.

Ces informations aidaient le prophète à deviner ce qui pouvait *vraisemblablement* arriver. Et si ses oracles étaient faux, Kadann et les autres Prophètes du Côté Obscur utilisaient leur influence pour

qu'ils se vérifient en ayant recours aux pots-de-vin, au sabotage et à la trahison... parfois même au meurtre. C'était pour eux le meilleur moyen de garder secrètement le contrôle de l'Empire.

Lorsque Trioculus et le Grand Moff Hissa atterrirent dans une des grandes baies de débarquement de la Station Spatiale Scardia, ils furent accueillis par un comité de bienvenue composé de prophètes, parmi lesquels des nains, comme Kadann, et le Grand Prophète Jedgar, qui mesurait près de deux mètres. Leurs seuls points communs semblaient être leurs robes noires brillantes et leurs barbes.

— Trioculus, Grand Moff Hissa, j'espère que nos honorés visiteurs n'ont pas souffert des radiations gamma quand ils sont entrés dans la Zone du Néant, demanda Jedgar d'une voix mielleuse.

Il jouait toujours le rôle de l'hôte quand des étrangers arrivaient sur la station.

— Nous n'avons eu aucun problème, répondit Hissa. Notre navire est protégé de toute forme de radiation, y compris les rayons gamma.

Les trois yeux de Trioculus admiraient le

scintillement presque aveuglant des trésors archéologiques rapportés de toute la Galaxie et exposés dans la station. Rangée avec goût dans des vitrines, la grande collection d'objets volés de Kadann décorait l'ensemble des salles et des couloirs.

— Est-il vrai que Kadann a collectionné ces trésors durant toute sa vie ? demanda le Moff.

— En effet, répondit le Grand Prophète Jedgar. Ces babioles et ces objets ont été rassemblés au cours des ans.

Jedgar fit demi-tour et conduisit Trioculus et Hissa à la Chambre des Visions Obscures, où Kadann les attendait.

Le Prophète Suprême se trouvait sur une estrade, assis sur un trône finement décoré. Malgré la hauteur du podium, Kadann était si petit qu'il n'arrivait pas au niveau du menton de Trioculus.

— Obscures Salutations, Seigneur Esclavagiste Trioculus, dit-il.

— Rêveur d'Obscurs Songes, Prophète Suprême de l'Empire, commença Hissa, Trioculus n'est plus le Seigneur Esclavagiste des mines de Kessel. Le Conseil des Grands Moffs le reconnaît comme notre puissant dirigeant : le nouvel Empereur.

— Et que me veut le redoutable Trioculus ? demanda Kadann, qui connaissait déjà la réponse à sa question.

— Je suis venu pour recevoir votre obscure bénédiction, répondit l'intéressé. Comme mon père, l'Empereur Palpatine, l'avait reçue autrefois.

Le nain prit une boule jaune et la brandit devant lui. Il ferma les yeux et l'écrasa. Elle tomba en poussière.

Trioculus pressa ses lèvres contre l'oreille du Grand Moff :

— Le jaune est la couleur du mensonge, expliqua-t-il. Qu'ai-je dit qu'il refuse de croire ?

— Que vous êtes le fils de l'Empereur Palpatine, murmura Hissa. Kadann connaît la vérité.

— Le fils de Palpatine ne vous ressemble pas, déclara froidement le Prophète.

— Vous affirmez être le Prophète Suprême du Côté Obscur, Kadann. Pourtant, vous ignorez que l'Empereur a donné naissance à un fils doté de trois yeux ?

— Puisque vous insistez, je vais vous dire ce que je sais. L'Empereur a eu un fils qu'il rejeta dès le jour de sa naissance, un enfant qu'il pensait animé d'une puissance bien supérieure à la sienne. C'est ainsi qu'il préféra bannir son rejeton sur la planète Kessel, où il fut forcé de travailler dans les mines. (Kadann fixa Trioculus et sourit :) Oui, son fils avait trois yeux. Vous avez raison sur ce point.

Le tyran hocha la tête, satisfait.

— Mais comment ses yeux étaient-ils répartis ? continua le Prophète. L'un se trouvait ici... (il montra son œil droit). L'autre, là... (il désigna son œil gauche). Et le troisième était situé à l'arrière de sa tête. Ainsi, il pouvait voir les ennemis qui se faufilaient derrière lui.

Trioculus fit une grimace agacée.

— Et vous étiez un de ses ennemis, Trioculus, ajouta le nain. En tant que Seigneur Esclavagiste, vous aviez autorité sur lui !

Kadann saisit une boule rouge et l'écrasa dans ses mains. Un souffle de vent traversa la salle, répandant la poussière écarlate sur les vêtements de Trioculus. Cela rappelait étrangement des traces de sang.

— Vous m'accusez d'être un meurtrier ?

— Vous n'en êtes pas un ? demanda le Prophète d'une voix calme. Niez-vous avoir assassiné Triclope, le dauphin impérial ?

Trioculus gronda et serra son poing ganté.

— Votre Seigneurie, je vous en supplie, restez calme, souffla Hissa à son maître. Kadann sait bien des choses. Quoi qu'il arrive, ne vous fâchez pas, car vous échoueriez : il vous met à l'épreuve.

Le tyran serra les dents, ses mains n'étaient plus que deux poings prêts à frapper.

— La vérité, murmura le Grand Moff.

Vous *devez* lui dire toute la vérité. Je vous promets que Kadann comprendra.

— Je suis peut-être un meurtrier, cracha Trioculus, mais je n'ai pas tué le fils de l'Empereur Palpatine.

— Me dites-vous que quelqu'un d'autre est coupable ? s'étonna le Prophète.

— Apparemment, vos espions n'ont pas bien fait leur travail, Kadann. Ils vous racontent des fables et des mensonges. Peut-être vaudrait-il mieux que Triclope soit mort mais, pour l'instant, il est bien vivant.

Le Grand Moff Hissa intervint :

— Le Conseil Central des Grands Moffs a secrètement décrété que Triclope, le fils de l'Empereur, n'était qu'un fou criminel. C'était une menace, à la fois pour ses ennemis et ses alliés.

— Une situation malheureuse, répondit Kadann, hochant la tête.

— Après la mort de l'Empereur Palpatine dans l'explosion de l'Etoile Noire, ceux d'entre nous qui connaissaient ses désirs ont dû faire quelque chose pour protéger ce qui restait de l'Empire, continua Hissa. Devions-nous prendre le risque d'avoir Triclope — le fils qu'il avait banni — à notre tête ? Si cela avait été le cas, je suis sûr qu'il nous aurait tous détruits : Grands Moffs, amiraux... et Prophètes du Côté Obscur ! En fait, nous pensions même que Triclope finirait par consumer la Galaxie, planète après planète, jusqu'à ce qu'il n'en reste rien.

Le nain ne répondit pas. Installé sur son trône, il se contenta de caresser sa barbe noire.

— Vous voyez donc, Kadann, que nous avions un besoin désespéré de trouver un nouveau chef, reprit l'officier. Nous ne pouvions pas nous entre-tuer pour décider qui dirigerait l'Empire. Les jeunes officiers et les troupes de choc savaient qu'il existait des rumeurs concernant un héritier à trois yeux qui aurait dû prendre la place de son père sur le trône. Et donc...

— Vous avez décidé que le nouvel Empereur devait avoir trois yeux, finit Kadann. Quelqu'un en qui les Grands Moffs pensaient pouvoir avoir confiance, qui pourrait prétendre être le fils de Palpatine afin de prendre sa place à la tête de l'Empire sans éveiller les soupçons.

— Exactement ! répondit Hissa avec un soupir de soulagement. C'est pourquoi nous avons appelé Trioculus, Seigneur Esclavagiste de Kessel, pour prendre la place de l'Empereur Palpatine en se faisant passer pour son fils. Bien sûr, Trioculus comprend que le véritable pouvoir appartient au Conseil Central des Grands Moffs.

— J'ai accompli votre prophétie, Kadann, dit Trioculus d'une voix sûre. Vous avez prédit que le nouvel Empereur porterait le gant de Dark Vador. Comme vous pouvez le constater, je l'ai trouvé.

Le tyran leva la main droite en direction du Prophète.

— Si vous doutez encore qu'il s'agisse du gant de Vador, alors, jetez vous-même un coup d'œil.

Le nain frôla le gant noir des doigts et l'examina de près :

— Je le reconnais.

— Donc, vous êtes satisfait. Trioculus *est* le prochain Empereur, puisqu'il a obéi à votre prophétie, fit remarquer Hissa.

— En effet. L'homme qui porte le gant de Dark Vador sera le nouvel Empereur.

(Kadann brandit une boule argentée.) Mais il reste une autre prophétie le concernant...

Le nain se tut, ménageant ses effets.

— Laquelle ? demanda Trioculus.

Le Prophète réduisit la boule d'argent en poussière :

— L'argent représente le symbole d'un Prince Jedi. Dans la Cité Perdue des Jedi, il en est un qui peut vous détruire.

Le tyran renâcla, incrédule :

— La Cité Perdue des Jedi n'est qu'une légende !

— Seulement pour ceux qui ne connaissent pas la vérité. Car elle existe vraiment. Empereur Trioculus, vous devez retrouver le prince Jedi qui y réside, ou votre règne se terminera aussi vite qu'il a commencé. (Kadann brandit la main droite, l'index tendu, comme s'il ordonnait quelque chose :) C'est votre destinée ! Trouvez le Prince Jedi et détruisez-le... Ou il vous anéantira !

Trioculus plissa le front. Il ne se sentait plus aussi sûr de lui.

— Et où se cache la Cité Perdue des Jedi ? demanda le Grand Moff Hissa.

— Il y a quatre continents sur la quatrième lune de Yavin, répondit le Prophète. La Cité Perdue des Jedi se trouve sur le plus grand, enfouie dans le sol, sous la forêt tropicale. Cherchez une enceinte ronde faite de marbre vert. C'est là que se cache l'entrée de la ville. Mais vous devez agir au plus vite... Au plus vite !

— Je le ferai, répondit Trioculus, les mains sur les hanches. Je détruirai le Prince Jedi et, en tant que chef de l'Empire, je débarrasserai la Galaxie de Luke Skywalker et de l'Alliance Rebelle !

— Bien parlé, Empereur Trioculus. (Kadann se pencha pour baiser le gant qu'il portait.) Vous avez mon obscure bénédiction.

Trioculus sourit. C'était un des premiers véritables sourires de son existence. Mais ce moment de béatitude fut écourté par une douleur fulgurante à la tête. Sa vision se troubla. L'Empereur Trioculus ne vit d'abord plus que des taches de lumière, des ombres et des lignes grises... Puis ce fut le noir absolu.

CHAPITRE V

LA VOIE DU FEU

Trioculus demeura immobile, clignant de ses trois yeux. Au bout d'un moment, la vue lui revint ; il distinguait à nouveau clairement ce qui l'entourait. Tournant les talons, il suivit le Grand Moff Hissa hors de la Chambre des Visions Obscures. Il agit comme si rien ne s'était passé, préférant ne mentionner l'incident à personne, pas même à son loyal droïd, MD.

Un peu plus tard, Trioculus se tenait dans la salle de contrôle de son croiseur impérial, contemplant l'espace infini devant lui. Mais ses pensées se trouvaient à des millions de kilomètres de là. Il songeait à Yavin Quatre et à ses immenses forêts.

— Comment vais-je pouvoir trouver la Cité Perdue des Jedi ? se demanda-t-il à haute voix.

— Quelqu'un, sur Yavin Quatre, doit bien savoir où la ville est cachée, répondit le Grand Moff Hissa. La question est : qui ?

— Peut-être que Luke Skywalker, ou le RRPS, le sait ? proposa l'Empereur d'une voix glaciale.

— Bien sûr, le RRPS, répéta le Grand Moff, se rappelant le Réseau de Renseignements Planétaire du Sénat.

Il leva les sourcils, frappé par une idée :

— Je crois que nous devrions envoyer un ultimatum à ces rebelles, un avertissement si horrible qu'ils ne pourront pas se permettre de l'ignorer !

Quelques jours plus tard, sur Yavin Quatre, alors que la nouvelle réunion du Conseil du RRPS se préparait, la princesse Leia et Yan Solo étaient déjà assis dans la salle de conférences. Ils attendaient Luke Skywalker. Yan était si heureux de revoir sa princesse qu'il avait retardé son départ pour Bespin, afin de

passer un peu plus de temps auprès d'elle.

— Yan, je m'inquiète au sujet de Luke, dit Leia. Il m'a promis qu'il viendrait à l'heure pour la réunion du RRPS d'aujourd'hui.

— Je suis inquiet aussi, avoua Solo. Avez-vous remarqué son comportement ces derniers temps ? Il est plutôt étrange.

— Oui, Luke paraît différent en ce moment. L'autre jour, il s'est envolé avec son speeder sans rien dire.

— Depuis quand s'offre-t-il de mystérieux voyages dans la jungle, sans avoir idée de l'endroit où il veut se rendre ?

— Il fait ce genre de choses quand il ressent l'appel de la Force, expliqua la princesse. A présent, il est obsédé par l'idée de retrouver un enfant qui prétend venir de la Cité Perdue des Jedi.

— Il est devenu complètement cinglé, rétorqua Yan en secouant la tête. Luke ne croyait pas à l'existence de la Cité Perdue des Jedi. Selon lui, puisque Yoda et Obi-Wan Kenobi ne lui en avaient jamais parlé, ce ne devait être qu'une légende. Et soudain, il est convaincu que la ville existe... et il pense que la Force va le guider vers elle !

A cet instant, Luke entra précipitamment dans la salle de conférences du Sénat pour se joindre aux autres membres du RRPS.

— Désolé d'être en retard, dit-il, essoufflé.

— Même excuse que d'habitude ? demanda Leia.

— J'en ai peur, admit Luke. Je cherchais Ken avec mon speeder. Je reviens bredouille.

La réunion du RRPS commença par un rapport du chef de l'Alliance Rebelle, Mon Mothma, concernant un problème lié à des sondes automatisées impériales :

— Le RRPS doit faire face à un nouveau danger, expliqua-t-elle. Plusieurs sondes ennemies ont pénétré depuis peu le Réseau de Défense Aérien de Yavin Quatre. Elles ont été détectées au-dessus de la jungle, comme si elles cherchaient quelque chose de spécifique. Mais leur objectif demeure inconnu pour l'instant.

EEEE-AAAAA-EEEEE-AAAAA...

Une sirène d'alarme résonna dans la salle du Sénat. La sécurité de l'endroit venait d'être compromise par un intrus.

KCHOOOOING ! KCHOOOOING !

De la salle de conférences, les membres du RRPS entendirent les canons laser défensifs placés sur le toit du bâtiment décharger leur énergie.

BRACHOOOOM !

Les canons laser avaient dû manquer leur cible, car quelque chose traversa le toit. Skywalker, levant les yeux, vit une sonde sphérique noire aux armes de l'Empire flotter dans la salle au-dessus de leurs têtes. Elle la traversa de part en part comme un ballon.

Puis elle s'arrêta devant les rebelles.

Yan Solo dégaina son blaster et tira... une fois... deux fois...

Mais la boule noire esquiva ses rafales sans cesser de flotter dans l'air.

Depuis son croiseur impérial, en orbite autour de Yavin Quatre, Trioculus observait la scène sur un écran. La sonde disposait d'une caméra qui lui envoyait les images de la salle de conférences.

Il vit tous les membres du RRPS réunis dans la pièce. Plus que tout, il vit Luke Skywalker, qui joignait ses efforts à ceux de Yan Solo pour essayer de détruire la sonde impériale.

Puis Trioculus aperçut le visage de la princesse Leia :

— Ce visage..., dit-il au Grand Moff Hissa. Cette femme...

— La princesse Leia, confirma Hissa.

— Une renégate et une terroriste..., continua l'Empereur en hochant la tête.

— Dark Vador et le Grand Moff Tarkan ont fait exploser sa planète natale, Alderaan, pour lui apprendre à coopérer avec l'Empire, commenta Hissa. Mais il semble qu'elle n'ait pas compris la leçon.

— Elle a un visage superbe, dit Trioculus. Des traits déterminés, mais emplis de douceur. Elle n'est pas laide, pour une femme de l'Alliance Rebelle à deux yeux seulement !

— Elle est très dangereuse. Elle a assassiné Jabba le Hutt. En l'*étranglant* avec les chaînes qui la retenaient prisonnière.

— Je n'ai jamais apprécié Jabba le Hutt. Une limace obèse et dégoûtante... et un vulgaire gangster.

La sonde sphérique était contrôlée à distance, elle esquivait automatiquement les rafales de laser. Alors que Trioculus observait la scène d'un œil intéressé, il vit Luke Skywalker remettre son blaster dans son holster et prendre son sabrolaser. Skywalker, le Chevalier Jedi qu'il avait juré de détruire ! Il allait enfin mourir, tué par les systèmes de défense de la sonde... A moins qu'il ne sache où se trouvait la Cité Perdue des Jedi, et qu'il ne décide de révéler le renseignement. Dans ce cas, Trioculus l'épargnerait, du moins pour cette fois.

Sur l'écran, Luke tentait de toucher la sphère avec la lame énergétique de son sabrolaser. Sans succès. L'appareil continuait d'esquiver ses meilleurs coups. C'est alors qu'il projeta un hologramme.

Les membres du RRPS, sidérés, virent apparaître l'image de Trioculus.

— Ecoutez-moi, membres respectés du RRPS, dit-il, si vous pensiez que j'avais péri sur Calamari, je suis navré de vous décevoir. Je viens de vous envoyer un petit cadeau qui a pénétré vos ridicules défenses : cette Sonde Antisécurité Impériale. Elle est équipée d'un explosif d'une puissance considérable. Dans vingt secondes, je déclencherai l'explosion, et je détruirai le Sénat de l'Alliance Rebelle. Pour montrer ma bonne volonté, j'accepte d'épargner vos vies si l'un d'entre vous me livre sur-le-champ les coordonnées de l'entrée de la Cité Perdue des Jedi. Le compte à rebours commence dès maintenant. Vingt... dix-neuf...

Trioculus désactiva le projecteur holographique. Depuis son navire, il pouvait toujours assister à ce qui se passait dans la salle de conférences du RRPS. Yan et Luke tentaient à nouveau de détruire la sphère antigravitique.

— Je doute qu'ils nous livrent les informations dont nous avons besoin, dit le Grand Moff Hissa. Selon toute évidence, parlementer les intéresse moins que lutter.

— Commodore Zuggs, activez le détonateur thermique de la Sonde Antisécurité, ordonna Trioculus. Il lui faudra dix secondes pour atteindre la température prévue pour provoquer l'explosion.

— Détonateur thermique activé, monsieur, répondit l'officier en essuyant une goutte de sueur qui coulait du sommet de son crâne rasé.

Sur l'écran, l'image se teinta de rouge, l'appareil commençait à frôler sa température de surchauffe. Plus que cinq secondes... quatre secondes...

Deux secondes avant l'explosion, les pouvoirs de Jedi de Luke Skywalker entrèrent dans la danse. Focalisant sa concentration sur la sphère noire, il l'obligea à rester immobile. Puis il la fendit en deux avec son sabrolaser.

KECHUNKKK !

Le détonateur était détruit, l'explosion ne pouvait plus se produire.

Dans l'espace, à bord du croiseur de Trioculus, le soi-disant Empereur poussa un hurlement de rage quand il se rendit compte que son plan visant à retrouver la Cité Perdue des Jedi avait échoué.

— Passez au plan numéro deux, ordonna-t-il. Mission de recherche et de destruction systématiques !

Au-dessus de la forêt tropicale, le ciel se teinta de rouge avec l'approche du crépuscule. Mais Trioculus se moquait du firmament quand il atterrit sur Yavin Quatre, accompagné d'une flotte d'escorteurs.

Ceux-ci transportaient assez de TNA pour mettre le plan numéro deux à exécution.

TNA signifiait Torche Neutronique Autochenillée, à savoir une sorte de tank qui pouvait détruire la forêt en tirant des boules de feu neutronique. Les véhicules étaient capables de traverser les incendies les plus intenses, sans que soient blessées les troupes de choc qu'ils transportaient.

Aussitôt que l'Empereur en donna l'ordre, les TNA se déployèrent sur une vaste zone d'action.

Ils commencèrent à incendier la forêt qui couvrait le plus grand continent de Yavin Quatre. L'air se chargea bientôt d'une fumée âcre ; les grandes étendues boisées se transformèrent en amas de troncs calcinés et de cendres fumantes.

— Quand la forêt tropicale sera anéantie, nous trouverons le passage qui mène à la Cité Perdue des Jedi, expliqua le Grand Moff Hissa. Nous pourrons localiser le mur de marbre vert depuis le ciel.

Le Grand Moff sur les talons, Trioculus descendit la rampe de sa navette. Il voulait être aux premières loges pour assister à la destruction des grands arbres de Yavin Quatre.

Jetant un coup d'œil alentour, il contempla l'aura orangée des flammes et les nuages noirs qui montaient dans le ciel. Puis le rugissement d'une boule de feu neutronique manqua de peu de le rendre sourd.

Il inspira violemment et pressa le gant

de Dark Vador contre son visage. Alors qu'il se frottait les yeux, sa main droite, dans le gant, se mit à le démanger. Mais ce n'était pas ce qui l'inquiétait le plus.

Lorsque Trioculus rouvrit les yeux, il s'aperçut qu'il était aveugle. Il ne voyait même plus la lumière. Ses trois pupilles contemplaient des ténèbres aussi profondes que celles des régions sans étoiles de l'espace.

Le droïd MD examina les yeux de l'Empereur dans la navette. Il ne trouva aucun indice d'un accident lié aux flammes, aux neutrons ou à la fumée. Malgré ses vastes connaissances médicales, MD reconnut que le problème de son maître était une énigme pour lui.

— Découvre ce qui ne va pas avec mes yeux, MD, dit Trioculus en serrant les dents. Ou je te fais démonter et vendre en pièces détachées !

— Empereur, l'interrompit le Grand Moff Hissa, nous venons de recevoir le rapport d'une escouade. Elle a découvert un extraterrestre près des pyramides de la jungle — un Ho'Din, pour être précis. Presque tous les Ho'Dins savent faire des

miracles médicaux en utilisant des herbes et des plantes. C'est une race de soigneurs, Votre Excellence !

— Dans ce cas, dites aux hommes de capturer le Ho'Din, grinça Trioculus, sans cesser de se frotter les yeux avec son gant. Il saura comment m'aider à recouvrer la vue... ou je lui arracherai les yeux à mains nues, pour qu'il partage mon infortune !

CHAPITRE VI

LE SECRET D'UN SOIGNEUR

Ken risquait la colère de DJ en revenant dans le Monde-d'en Haut. Cette fois, non content d'avoir désobéi à son mentor, il avait aussi réussi à semer EC et Puce en les convainquant de faire des recherches en bibliothèque pour l'aider à préparer ses devoirs.

Pour son nouvel exposé, il devait rédiger un rapport sur cinq planètes anéanties par des astéroïdes durant le dernier demi-million d'années. EC et Puce étaient probablement ensevelis sous des piles de livres dans la Bibliothèque des Jedi, à chercher où le dossier sur les planètes détruites avait été rangé. Bien sûr, ils ne savaient pas que Ken l'avait caché sous son lit, dans son dôme d'habitation.

Reprenant le même chemin que lors de sa première escapade dans le Monde-d'en Haut, Ken retrouva Baji dans la forêt ; il l'espionna, caché derrière des buissons. Une odeur de fumée flottait dans l'air et, au loin, il entendait le feu crépiter dans les arbres.

Ken n'avait jamais vu d'incendie, excepté sur des hologrammes ou des images, dans la Bibliothèque des Jedi. Son cœur battait à se rompre tandis qu'il observait, horrifié, la verdure dévorée peu à peu par une lumière orangée brûlante.

Préférant ne pas se faire remarquer, le garçon s'approcha prudemment de Baji. Mais le soigneur Ho'Din savait peut-être où il avait perdu son bloc-notes informatique. Ken était déterminé à le retrouver avant qu'un des droïds ne découvre qu'il l'avait égaré.

— Excusez-moi, monsieur, dit-il. Je vous ai déjà rencontré, le jour où Luke Skywalker était là. Vous souvenez-vous de moi ?

Baji sursauta, surpris et quelque peu effrayé. Puis il sourit, hocha la tête et, sans dire un mot, continua à ramasser des plantes aussi vite qu'il le pouvait.

— Je ne voulais pas vous faire peur, continua Ken. Je me demandais simplement si vous aviez trouvé mon bloc-notes informatique. Je crois que je l'ai laissé tomber quelque part dans les parages.

Baji posa une main sur son épaule et dit :

« Je l'ai retrouvé
Dans ma hutte il est caché
Viens donc avec moi
Pour que ton bloc-notes tu voies. »

Ramassant un sac rempli de fleurs, de racines et de graines, Baji conduisit Ken à sa hutte faite de branchages.

L'abri était presque vide. Le Ho'Din n'avait qu'un lit de feuilles, une table et des chaises. Cependant, le jeune garçon vit que des pots remplis de graines à semer s'empilaient partout dans la hutte. Tout était étiqueté dans une langue qu'il ne connaissait pas.

Baji prit le bloc-notes informatique de Ken, qui était posé sur la table.

— Merci, Baji. C'est gentil de votre

part de me l'avoir gardé. Le droïd qui corrige mes devoirs, EC, sera heureux que je ne l'aie pas perdu. Il m'aurait grondé si je lui avais dit que je l'avais oublié dans le Monde-d'en Haut.

Le Ho'Din jeta un coup d'œil par la porte ouverte de sa hutte, contemplant les flammes qui léchaient les arbres. Que l'incendie se rapprochait ne faisait aucun doute.

— Je sais à quoi vous pensez, dit Ken. Si le feu atteint votre hutte, vos graines rares seront détruites.

Baji hocha la tête.

— Je me demande quelle est l'origine des flammes, fit l'enfant.

Le Ho'Din soupira :

« Les armes de l'Empire
Ce feu ont déclenché
Notre forêt chérie va mourir
Bientôt tout sera terminé. »

— Venez chez moi, proposa Ken. Vous serez en sécurité sous la terre.

Baji secoua la tête :

« Mon travail ici est fini
Et de cette forêt je fuis
Mon peuple est en chemin
Un vaisseau passe demain. »

— J'imagine que partir vous chagrine. Il est dommage que nous n'ayons pas le temps de faire plus ample connaissance, mais je comprends. Votre maison se trouve sur un autre monde.

Baji lui sourit.

— Je dois partir, continua Ken, avant que le feu n'approche plus. Que la Force soit avec vous, Baji !

Le garçon fit un signe d'adieu et reprit la direction du grand mur de marbre vert, où le transport tubulaire le ramènerait à la Cité Perdue des Jedi. Il voulait revenir avant qu'EC, Puce ou DJ ne s'aperçoive de son absence.

Ken se retourna une dernière fois pour saluer Baji. Son cœur se mit à battre la chamade. Trois soldats impériaux approchaient de la hutte du Ho'Din.

Que pouvait-il faire ? Son instinct lui criait de se précipiter et de hurler, mais il savait que ça ne servirait à rien. Ils avaient l'avantage du nombre.

Ken n'avait aucun moyen de se défendre, ou de sauver Baji.

Il se cacha dans les feuillages. Il vit les soldats pointer leurs blasters sur le Ho'Din, et l'obliger à les suivre.

Les battements des deux cœurs de Baji s'accélérèrent pendant que les soldats impériaux le forçaient à gravir la rampe de la navette de Trioculus. Son sang vert, habituellement tiède, bouillait de peur quand ils le menèrent à la salle de contrôle, puis à la cabine de l'Empereur.

La pièce était si faiblement éclairée qu'il fut difficile au Ho'Din de voir le visage de Trioculus assis dans un fauteuil richement décoré. Le Grand Moff Hissa lui adressa un sourire, et EM le fixa comme s'il était une curiosité scientifique.

— Maître, le Ho'Din est parmi nous, dit Hissa au nouvel Empereur.

Trioculus avança la tête. Baji vit ses trois yeux mi-clos. Ils avaient l'aspect laiteux de ceux d'un aveugle.

— Ho'Din, si tu répètes un seul mot de ce que je vais te dire, tu ne vivras pas assez longtemps pour voir le soleil se lever sur Yavin Quatre, fit le Grand Moff. Dis-moi, es-tu soigneur, comme tous ceux de ton peuple ?

Baji hocha la tête, mais ne dit rien.

— Je t'ordonne de répondre ! s'écria Trioculus d'une voix rauque.

Comprenant que l'Empereur n'y voyait vraiment rien, le Ho'Din ouvrit la bouche :

« Aux malades je m'intéresse
Pauvres ou chargés de richesses. »

— On me dit que tu es un Ho'Din, continua Trioculus. Pour l'instant, je serais bien incapable de l'affirmer. Mes yeux m'ont trahi. Je te somme de me soigner !

— C'est le patient le plus puissant que tu traiteras jamais, Ho'Din, expliqua Hissa. Il commande l'Empire et dirige la Galaxie. Ta vie repose entre ses mains.

Baji se pencha et examina minutieusement les yeux aveugles de Trioculus. Puis il remarqua le gant qu'il portait à la main droite. Le Ho'Din s'agenouilla et le toucha. L'Empereur retira vivement la main.

— Je t'ai demandé d'examiner mes yeux, Ho'Din, pas le gant de Dark Vador. A présent, guéris-moi, tu as compris ?

« Ce gant que vous portez
Apporte les ténèbres et la cécité
Très vite ôtez-le de votre main
Car il scelle votre destin. »

— Ce gant a détruit nombre d'hommes,

Ho'Din, répondit Trioculus. Des hommes qui avaient provoqué ma fureur. Mais jamais il n'aura raison de *moi* !

Baji soupira :

« *Puisque de Vador le gant*
Vous portez à la main
La cécité vous atteint
Et vos cheveux tomberont sur l'instant.
Ce gant il faut l'ôter
N'en doutez pas un instant
Car vos ongles et vos dents
Bientôt vont tomber.
Vos mains pourriront
Vos traits s'effaceront
Puis vous hurlerez
De terreur et vous mourrez. »

— Je devrais te faire arracher les yeux pour ce que tu viens de dire ! s'exclama l'Empereur.

— Maître, dit MD, le Ho'Din soulève un problème médical auquel je n'avais pas songé. Les implants sertis dans les doigts du gant à votre demande, pour projeter des ondes sonores, pourraient être la cause de cet effet secondaire.

— Continue, MD.

— Les charges soniques provoquent

probablement des dommages à vos terminaisons nerveuses, ce qui affecte votre nerf optique.

— Peut-être devriez-vous accepter d'ôter le gant, Seigneur Noir, intervint Hissa. Cela vaut la peine d'essayer.

A regret, Trioculus enleva le gant de Dark Vador. Le Grand Moff et Baji ne purent retenir une exclamation quand ils virent la main droite de l'Empereur. Elle était rouge, desséchée et couverte de cloques. Comme le Ho'Din venait de le prédire, sa chair avait commencé à pourrir.

Trioculus cligna des yeux, ils reprirent un aspect normal :

— J'arrive presque à voir les contours de ton visage, Ho'Din, dit-il d'une voix rauque.

— Votre Excellence ! s'écria Hissa. Le soigneur vous a aidé à recouvrer la vue !

Baji fouilla dans sa poche et y trouva quelques germes de kibo, c'était tout ce qu'il avait sur lui. Il les déposa dans la main de Trioculus. Puis il dit :

« Les graines vous devez manger
Ou la vue à vous reperdrez
Cent jours vous devez vous nourrir
De graines de kibo afin de guérir. »

Trioculus mâchonna les graines. Quelques instants plus tard, son visage s'illumina et son regard s'éclaircit. Un léger sourire apparut aux coins de ses lèvres. Sa vue redevenait peu à peu normale.

— Ho'Din, ta médecine est impressionnante. J'y vois mieux qu'auparavant. Dis-moi, où puis-je trouver assez de germes de kibo pour en manger pendant cent jours ?

Baji baissa tristement la tête :

« Les fleurs de kibo sont si rares
Qu'on ne les trouvera plus nulle part
Les flammes que vous avez déchaînées
Vont toutes les tuer. »

— Que raconte-t-il, Hissa ? demanda Trioculus sans comprendre. Je ne m'y retrouve plus dans ces vers de mirliton !

— Si je le comprends bien, répondit le Grand Moff, la fleur de kibo est très rare... l'espèce est pratiquement éteinte. Votre décision de brûler la forêt risque de détruire les derniers spécimens. Vous devez manger leurs graines pendant cent jours, sinon...

— Continuez. Sinon quoi ?

MD finit la phrase pour Hissa, trop effrayé pour en dire plus :

— Sinon, Maître, vous serez à nouveau aveugle. Cette fois, ce sera définitif.

Baji reprit la parole :

« *Dans ma hutte des graines j'ai gardées*
De quoi soulager l'Empereur
Mais elle sera bientôt carbonisée
Car l'Empire règne par la terreur... »

Paniqué, Trioculus ordonna à Baji de les conduire à sa hutte sur-le-champ. L'incendie provoqué par les armes de l'Empire allait détruire les fleurs qui représentaient son seul espoir de guérison.

Ils descendirent rapidement la rampe de la navette impériale et grimpèrent dans un véhicule tout terrain. Le Ho'Din leur indiqua où se rendre. Alors qu'ils approchaient de la hutte, les flammes commencèrent à lécher les arbres environnants, menaçant de détruire sous peu la bâtisse.

Trioculus sortit du véhicule et courut jusqu'à la hutte de Baji. Soudain, un TNA surgit de la végétation en flammes, tirant des boules de feu neutroniques.

— Non, arrêtez ! hurla l'Empereur, voyant que le canon visait l'abri de branchages. Je vous ordonne d'arrêter !

Mais les soldats, à l'intérieur du TNA, ne l'entendirent pas. Une rafale toucha la hutte de bois sec, qui se mit aussitôt à flamber.

Désespéré, Trioculus s'élança dans la fournaise pour tenter de sauver les graines et les pousses de kibo. Mais alors qu'il les serrait entre ses bras et qu'il essayait de ressortir de la hutte, la porte fut bloquée par un mur de flammes.

CHAPITRE VII

LE CODE SECRET D'OBI-WAN KENOBI

— Si l'incendie n'est pas maîtrisé, dit la princesse Leia, cette lune de Yavin fera face à un désastre écologique irréparable. Les forêts tropicales sont source d'oxygène, essentiel à l'air que nous respirons. Et des milliers de médicaments utilisés dans l'ensemble de la Galaxie sont fabriqués à partir des plantes rares qui ne poussent que sur cette planète. Nous subissons une attaque dirigée par un cruel mutant, un esclavagiste nommé Trioculus qui prétend être le nouvel Empereur. Il détruit nos forêts parce qu'il espère ainsi trouver l'entrée de la Cité Perdue des Jedi. Ce fou doit être stoppé avant qu'il ne soit trop tard !

A ces paroles, l'Alliance Rebelle se mit en action. Tandis que les pompiers essayaient d'éteindre l'incendie, le *Faucon Millenium*, avec à son bord Luke Skywalker, Yan Solo et Chewbacca, partit à la recherche de la base de Trioculus.

— Quand je pense que j'ai ma maison antigravitique à terminer, et que je m'amuse à piloter le *Faucon* dans un raid de cinglés pour le compte de l'Alliance, se plaignit Yan.

Son navire était suivi par une formation de chasseurs à ailes-Y. Leur objectif : détruire le campement et le matériel au sol de Trioculus afin de lui couper tout espoir de retraite.

Le *Faucon Millenium* passa au-dessus de la barrière de flammes et suivit les traces du feu jusqu'à sa source. Bientôt, Luke Skywalker repéra une clairière. L'Empereur avait pris possession d'un pâturage à banthas aménagé au cœur de la jungle. Sa navette personnelle s'était posée, un cercle d'escorteurs la protégeait. Les traces de chenilles de dizaines de TNA partaient en étoile du camp impérial.

— Voici sa base ! s'exclama Luke, communiquant avec les pilotes des chasseurs-Y. Passez à l'attaque !

Les rebelles ouvrirent le feu, détruisant les escorteurs impériaux, tandis que le *Faucon Millenium* tirait sur un groupe de TNA, qui explosèrent l'un après l'autre.

Les tanks ne restèrent pas pour autant inactifs. Ils ripostèrent au moyen d'un barrage de boules de feu neutroniques, ils touchèrent le vaisseau de Solo, qui volait en rase-mottes. Yan et Chewie n'eurent

pas le choix, ils préparèrent le *Faucon* à un atterrissage forcé.

Ce fut un des pires atterrissages de la carrière de Solo. Le navire vibrait de toutes parts. Il arracha des branches et des lianes aux arbres, rebondit une fois ou deux, puis se laissa glisser sur le ventre.

— Arrrrrroowgh ! gémit le Wookie, sachant que le navire aurait besoin de nouvelles réparations.

— Tu as raison, Chewie, acquiesça Yan. Cette fois, le *Faucon* a trinqué.

Luke, Solo et Chewie sortirent précipitamment du vaisseau. L'air était chargé de

fumée ; ils entendaient au loin le bruit des boules de feu neutroniques.

— Qu'en penses-tu, Yan ? demanda Skywalker. Tu crois que le *Faucon* pourra retourner dans le système de Bespin en dix-huit heures standards ?

Soudain, Solo vit une tache blanche du coin de l'œil. Il dégaina son blaster.

— Un soldat impérial !

Il tira deux fois. Chewbacca se précipita pour voir ce qui se passait.

Luke se dressa sur la pointe des pieds pour mieux regarder :

— Arrête, Yan ! Ce n'est pas un soldat impérial, mais un droïd que j'ai déjà rencontré ! Son nom est DJ. Il vient de la Cité Perdue des Jedi !

— C'est un droïd appelé comment qui vient d'où ? demanda Yan, bluffé.

DJ approcha. Ken se tenait près de lui, serrant sur sa poitrine son bloc-notes informatique.

— Commander Skywalker, dit le droïd, vous voyez quel enfant désobéissant j'ai à ma charge. Malgré mon interdiction, il continue de revenir dans le Monde-d'en Haut !

— Je voulais retrouver mon bloc-notes, protesta Ken. Je ne savais pas qu'il y avait le feu, des TNA et des soldats impériaux, et... (Il fixa Solo, qu'il reconnut grâce à des images vues dans la Bibliothèque des Jedi.) Wooaahh, vous êtes Yan Solo, c'est ça ? Et... vous êtes Chewbacca ?

— Grooooowwff ! répondit le Wookie, confirmant que l'enfant ne s'était pas trompé.

— Nous savons qui nous sommes, gamin, dit Yan. Mais nous ignorons qui tu es et ce que tu fais ici.

— Je m'appelle Ken. J'ai toujours voulu vous rencontrer, monsieur Solo. Vous êtes un des meilleurs pilotes corelliens de toute la Galaxie !

— Que veux-tu dire par *un des meilleurs* ? rétorqua Solo. Tu connais mieux ?

— Snoke Loroan faisait le voyage d'ici au système de Bespin en quinze unités de temps standard, dit Ken. Le mieux que le *Faucon Millenium* ait réussi, c'est dix-huit unités. J'ai vérifié dans la Bibliothèque des Jedi.

Yan leva les yeux au ciel, sidéré. Qui était donc ce gosse ?

— Je l'admets, je suis impressionné. Mais Snoke Loroan s'est fait descendre lors de la bataille d'Endor. Nous parlons de pilotes corelliens *vivants*.

— Dans ce cas, vous êtes le meilleur, dit Ken avec un grand sourire.

— C'est bon. Maintenant, je vais te dire une chose. Chewie et moi avons traversé toute la Galaxie à bord du *Faucon Millenium*. Si ton droïd, ou toi, vous connaissez un moyen d'échapper à l'incendie, nous t'emmènerons faire un tour sur la planète de ton choix, un de ces jours... Enfin, quand je dis de ton choix... Hoth et Kessel ne comptent pas, les Rebelles n'y sont pas les bienvenus.

— Marché conclu ! s'exclama le garçon. Du moins, si DJ est d'accord.

— Commander Skywalker, intervint le droïd, les flammes approchent. Vous et vos amis devez me suivre, pour votre sécurité. Avec votre aide, je pourrai peut-être mettre fin à cet incendie.

Au grand étonnement de Luke, ils ne firent que quelques mètres dans la forêt avant d'arriver au mur circulaire de marbre vert.

— C'est comme dans mon rêve ! s'exclama le Jedi. Nous sommes à l'entrée de la Cité Perdue des Jedi !

— Mes copains coréliens refuseront de me croire, dit Solo.

DJ les conduisit au transport tubulaire. La porte de l'ascenseur s'ouvrit à l'approche du droïd, ils entrèrent.

— Accrochez-vous, les prévint DJ. Le voyage risque de ne pas être très agréable.

Le transport descendit si rapidement que Luke et ses amis pensèrent un instant avoir oublié leur estomac dans la forêt. Ils plongèrent dans une zone souterraine où régnaient d'éternelles ténèbres. Ils continuèrent de tomber à une vitesse incroyable. Bientôt, ils virent des traînées de lumière provenant de pierres phosphorescentes défiler autour de la cabine.

Enfin, l'ascenseur stoppa au fond du puits, à plusieurs kilomètres de la surface. Luke sortit et jeta un coup d'œil émerveillé autour de lui. Il se trouvait à l'endroit qu'il cherchait depuis qu'il avait vu en rêve Obi-Wan Kenobi. Dans cette gigantesque caverne illuminée, la ville paraissait aussi neuve qu'à l'époque où les Chevaliers Jedi l'avaient construite.

Skywalker essaya de mémoriser ce qu'il voyait : les dômes d'habitation, les plates-formes équipées de matériel d'une technologie avancée, les véhicules et les routes faites de pierres parfaitement taillées.

DJ les guida dans la cité. Ils passèrent devant un immense bâtiment portant une enseigne : *Bibliothèque des Jedi.*

— Ceux d'entre vous qui habitent à la surface de Yavin Quatre pensent que les conditions météorologiques de cette lune sont l'œuvre de la nature, expliqua le droïd. Ce n'est pas le cas. Nous commandons le temps depuis le Centre de Contrôle Climatique de la Cité.

Ils entrèrent dans le Centre. DJ les précéda dans un long corridor. Autour d'eux, des droïds allaient et venaient, vaquant à leurs besognes.

— Il y a des milliers d'années, continua DJ, Yavin Quatre était un monde froid et stérile. Les Maîtres Jedi qui ont construit la Cité Perdue ont découvert qu'ils pouvaient modifier son climat. Il leur fallait simplement trouver un moyen de transférer la chaleur interne de la planète à la surface.

« Ils ont creusé de multiples puits semblables à celui du transport tubulaire. Les autres servent à lâcher de la vapeur et de la chaleur dans l'atmosphère. Grâce à leur système de contrôle climatique, les Chevaliers Jedi ont fait de cette lune un monde tropical en y plantant des arbres apportés d'autres mondes.

Ils traversèrent une salle gigantesque occupée par une machine de la taille d'un générateur de puissance planétaire.

— Cette lune vit selon un cycle, reprit le droïd. Une saison sèche de six mois est suivie d'une saison des pluies d'égale durée. La « mousson » ne doit commencer que dans quelques semaines. Mais si nous découvrons le code qui permet d'accélérer le cycle, nous pourrions déclencher les pluies.

— Ce qui éteindrait l'incendie, commenta Yan. Ce ne serait pas trop tôt. Je ferai la tête si le *Faucon Millenium* part en fumée.

DJ ouvrit un panneau de commande :

— Nous devons trouver le code. J'ai fouillé dans tous les fichiers de la Bibliothèque des Jedi, mais je n'ai rien découvert.

— J'ai fait un rêve, l'interrompit Luke. Une vision d'Obi-Wan Kenobi. Il m'a dit...

Skywalker tenta de se remémorer ce que son mentor lui avait confié. *Souviens-toi de ce code, Luke. Son importance sera bientôt claire pour toi.*

Mais quel code Obi-Wan lui avait-il chuchoté ? Il ne s'en souvenait plus.

Il prit une grande inspiration, puis souffla. Il laissa ses pensées suivre sa respiration. Ensuite, inspirant à nouveau, il sentit le pouvoir de la Force l'emplir d'énergie et de puissance.

Soudain, le code lui apparut : JE-99-DI-88-FOR-00-CE.

— Je me rappelle le code ! Obi-Wan ne m'a pas dit à quoi il servait, mais j'espère qu'il active le programme de modification du climat.

Skywalker tapa le code sur un clavier. Ça fonctionnait !

Un écran s'alluma, montrant ce qui se passait à la surface de Yavin Quatre. Des puits d'aération qui lâchaient de la vapeur dans l'air s'ouvraient à différents endroits de la lune. L'air humide se condensait dans l'atmosphère. A une vitesse étonnante, des nuages se formèrent partout dans le ciel.

La pluie se mit à tomber. Puis il y eut des éclairs. Un orage torrentiel se déversa des nuées menaçantes. Les trombes d'eau commencèrent à éteindre les foyers...

Pendant ce temps, sous le déluge, Trioculus, le Grand Moff Hissa et MD couraient vers ce qui restait de la base impériale. Baji fut obligé de les accompagner. A sa grande tristesse, il venait d'être enrôlé dans l'armée impériale, un blaster contre la tempe, pour devenir le médecin de l'Empereur.

Pendant qu'il constatait les dégâts, Trioculus serrait le pot de graines de kibo et se caressait le visage avec sa main endommagée. Il ne ressemblait plus au bel homme à trois yeux qu'il était auparavant. Dans sa hâte de sauver les graines de la hutte en feu, sa peau avait été horriblement brûlée. Son visage était couvert de cloques, et sa peau était calcinée par endroits.

Trioculus fit un pas en arrière, horrifié,

quand il vit que sa navette personnelle avait été détruite. Et tous les escorteurs avaient été touchés.

Un seul pouvait encore voler. Pressée de s'assurer de la victoire, l'Alliance Rebelle avait oublié de faire exploser un véhicule.

Le gant de Dark Vador, que Trioculus avait laissé dans sa navette, gisait dans la boue, sur le sol. La pluie martela le visage de l'Empereur quand il s'agenouilla pour le ramasser.

Il le passa à sa ceinture.

— Tu vas me fabriquer un nouveau gant, MD, dit-il. Il ressemblera en tout point à celui de Dark Vador. Personne ne doit savoir que je ne le porte plus !

— Il est regrettable que nous n'ayons pas découvert la Cité Perdue des Jedi, Empereur, commenta le Grand Moff Hissa. Mais si nous envoyons assez d'espions sur Yavin Quatre, ils continueront de chercher... Et du même coup, vous trouverez peut-être le prince Jedi.

— Le RRPS doit être détruit pour punir l'Alliance de cette attaque ! s'exclama

Trioculus. Le RRPS... et tous les membres de l'Alliance qui siègent au Sénat ! Excepté...

— Excepté qui, Seigneur Trioculus ? demanda Hissa d'un ton hésitant.

— Nous capturerons la princesse Leia vivante, répondit l'Empereur.

Ils grimpèrent à bord du dernier escorteur impérial. Une fois à l'intérieur, ils mirent en route les moteurs et décollèrent, laissant Yavin Quatre derrière eux. Trioculus appuya la tête contre le dossier de son fauteuil et ferma les yeux.

Le visage cruellement brûlé, la main

droite gravement atteinte, l'Empereur s'évada dans le rêve où l'attendait la belle princesse Leia. Il voyait nettement son doux visage, ses traits déterminés, mais incroyablement féminins. Il imagina qu'il faisait d'elle sa reine... l'Impératrice !

Il était temps pour Ken de dire adieu à la Cité Perdue des Jedi et à EC et DJ, les droïds qui l'avaient élevé avec tant de dévotion. Puce resterait avec le garçon pour l'aider, sous la tutelle de Luke Skywalker, à devenir le plus jeune membre de l'Alliance Rebelle.

DJ avait toujours su que le jour viendrait où il devrait laisser Ken vivre sa vie dans la Galaxie. Mais il avait cru que son protégé attendrait d'être majeur.

Et pourtant, le droïd savait qu'il était temps pour Ken de s'en aller. A partir de maintenant, Luke l'instruirait dans la voie de la Force. C'était la destinée de Ken.

Zeebo se précipita dans les bras du garçon et lui lécha le visage, comme il l'avait fait tous les jours durant des années.

— Vous allez tous me manquer, dit

Ken, même EC et Zeebo. La vie ne sera plus la même sans un mooka pour me réveiller. Mais je vais partir dans la Galaxie. Mes aventures avec l'Alliance ne font que commencer !

Luke espérait que l'enfant ne perdrait jamais son enthousiasme, même après avoir tâté aux rudes réalités du monde. Plus que tout, il espérait qu'il serait protégé de la vengeance de l'Empire. Pour l'instant, ils avaient réussi à empêcher Trioculus de trouver la Cité Perdue des Jedi. Skywalker savait que le cruel Empereur ne renoncerait pas tant qu'il n'aurait pas pris sa revanche... contre chacun d'entre d'eux !

Pour en savoir plus sur Ken et Luke Skywalker et sur leur rencontre avec le père de Jabba le Hutt, ne manquez pas La Vengeance de Zorba le Hutt, *le troisième volume de notre saga de Star Wars.*

LA VENGEANCE DE ZORBA LE HUTT

Zorba le Hutt entra dans la *Cantina* de Mos Eisley et se racla la gorge. Tous se retournèrent vers lui. Il avait un énorme corps ridé, des cheveux blancs coiffés en nattes et une barbe. Les clients frémirent en voyant ses grands yeux reptiliens et la bouche sans lèvres qui lui traversait le visage sur toute sa largeur.

— Je suis Zorba le Hutt ! Le père de

Jabba ! Quelqu'un peut-il me dire où je trouverai mon fils ?

Un silence lourd de signification tomba sur la *Cantina*.

— On m'a dit que les Hutts n'étaient plus autorisés à entrer dans le palais de Jabba ! s'exclama Zorba. Qui occupe donc cet endroit, sinon mon fils ?

Un chasseur de primes à la peau verte appelé Tibor, qui portait une armure sur sa peau reptilienne, prit une gorgée de bière :

— Si j'étais toi, Zorba, je me calmerais. Commande un verre de jus de zooch.

— Je refuse de me calmer ! hurla l'autre. Je veux des renseignements sur Jabba ! Je paierai cinq gemmes à celui qui parlera !

La proposition transforma aussitôt les clients de la *Cantina* en spécialistes de Jabba le Hutt. Une dizaine de voix s'élevèrent en même temps pour délivrer des informations.

Une seule réussit à dominer le vacarme :

— Tu sembles être l'unique créature de la région de la Mer de Dunes qui ne sache pas que Jabba le Hutt est mort, dit le Grand Moff Hissa.

Zorba pressa une main sur sa poitrine :

— Mort ? (Son cœur allait-il exploser ?) Mon fils est mort ?

Il émit un long soupir de tristesse, qui fit vibrer les murs de la salle.

— Comment est-il mort ? demanda-t-il.

— Il a été assassiné par la princesse Leia, répondit un Jenet qui grattait sa fourrure.

— Oui, c'était Leia ! s'exclama un Aqualish.

— Elle l'a tué de sang-froid, ajouta Tibor.

— La princesse Leia était l'esclave de Jabba, expliqua un Twi'lek. Elle était enchaînée. Elle l'a étranglé avec ses chaînes, comme ceci... (L'extraterrestre enroula un tentacule autour de son cou.) C'est arrivé dans sa barge de plaisance, au Grand Puits de Carkoon.

Les yeux jaunes de Zorba menacèrent de jaillir de leurs orbites :

— Au nom de l'ancien conquérant Kossak le Hutt, je jure que la princesse Leia mourra !

Les chasseurs de primes présents échangèrent des regards approbateurs.

Puis Zorba fixa le Grand Moff Hissa :

— Dis-moi, Grand Moff, qui vit au palais de mon fils ?

— Malheureusement, Jabba n'a pas laissé de testament. Le Gouvernement Planétaire de Tatooine s'est emparé de sa propriété... avec la permission de l'Empire, cela va de soi. Pour l'instant, l'endroit est en ruine. Seuls les Ranats y habitent.

— Des Ranats ! (Zorba cracha sur le sol de la *Cantina*, dégoûté.) Je veux dix chasseurs de primes ! Qu'ils viennent avec moi au palais de Jabba ! Je les paierai sept gemmes chacun !

Il y eut plus de dix volontaires.

Zorba éclata d'un rire sinistre qui aurait pu faire croire qu'il contemplait un prisonnier en train d'être congelé dans la carbonite.

— *A-HAW-HAW-HAWWWW !*

Ken sera-t-il obligé de révéler ce qu'il sait des terribles secrets de l'Empire ? Survivra-t-il à sa capture par Zorba le Hutt ? Découvrez-le dans *La Vengeance de Zorba le Hutt*, en vente bientôt.

GLOSSAIRE

BAJI
Soigneur et homme-médecine de la race des Ho'Dins, qui vit dans la forêt tropicale de la quatrième lune de Yavin. Baji est sage, pacifiste, et il parle en vers. Il ramasse les plantes, les graines, les racines, les lianes et les feuilles qui sont bonnes pour fabriquer des médicaments et qui, c'est sa hantise, pourraient disparaître un jour. Puis il les transporte sur sa planète natale, Moltok, afin que des botanistes les étudient.

Commodore ZUGGS
Un officier impérial chauve, aux yeux tristes, qui pilote le croiseur spatial de Trioculus.

DJ-88 (DJ)
Un droïd utilitaire puissant, enseignant dans la Cité Perdue des Jedi. Il est blanc, avec des yeux couleur de rubis. Il a un visage distingué, avec une barbe de métal. Pour Ken, il joue le rôle d'un père, puisqu'il l'a élevé depuis que le jeune Jedi était bébé.

EC-100 (Droïd Educo-Correcteur-100)
D'apparence, il ressemble à Z-6PO, mais il a une teinte argentée, des yeux bleus et une bouche ronde. EC-100 a été conçu par DJ pour corriger et noter les devoirs de Ken. Il marche au pas cadencé, tel un soldat, et il parle comme un adjudant. Il entre souvent dans le dôme d'habitation de Ken pour des inspections surprises.

Fleur de KIBO
Une espèce de fleur très rare cueillie par Baji. La graine de la fleur de kibo peut rendre la vue à un aveugle.

HO'DIN
Race d'extraterrestres pacifistes et écologistes venue de la planète Moltok. Les

Ho'Dins ont des tresses reptiliennes qui poussent sur la tête. Ce sont principalement des botanistes qui préfèrent la nature à la technologie. Baji est un soigneur Ho'Din. La médecine naturelle des Ho'Dins est reconnue partout dans la Galaxie.

KADANN

Nain à la barbe noire, Kadann est le Prophète Suprême du Côté Obscur. Les Prophètes du Côté Obscur sont des Impériaux qui, bien que feignant un mysticisme complet, servent de Bureau de Renseignements, grâce à leur réseau d'espions.

Les dirigeants de l'Empire cherchent l'obscure bénédiction de Kadann pour rendre leur règne légitime.

Kadann a prédit que le nouvel Empereur porterait le gant de Dark Vador. Les prophéties de Kadann sont des vers libres à la signification mystérieuse. Elles sont minutieusement étudiées par l'Alliance Rebelle, dans l'espoir d'y trouver des indices sur les intentions de l'Empire.

KEN

L'existence de Ken a été gardée secrète, tout comme l'emplacement de la Cité Perdue des Jedi, la ville où il grandit. Ses origines sont mystérieuses, et ses parents lui sont inconnus. Pour une raison étrange, les droïds de la Cité Perdue ont décidé de ne pas lui révéler d'informations avant sa majorité. On a pourtant donné l'impression à Ken qu'il pourrait être un prince Jedi. Et il ne connaît pas la signification de la gemme qu'il porte autour du cou, pendue à une chaîne d'argent.

Lorsque Ken était bébé, un Chevalier Jedi anonyme, habillé d'une robe marron, l'a conduit dans la Cité Perdue pour garantir sa sécurité. Le droïd en chef de la ville, DJ, a reçu l'ordre d'élever et d'éduquer l'enfant.

Ken fait montre de certains pouvoirs Jedi qui lui viennent naturellement, comme la capacité « d'embrumer » les esprits, de lire dans le cerveau d'autrui et de faire bouger de petits objets par la force de la concentration.

Ken va à l'école à la Bibliothèque des Jedi dans la Cité Perdue. Il est le seul élève de DJ. Sur ordre des droïds, le jeune garçon n'a pas le droit de visiter la surface de Yavin Quatre avant d'être assez grand pour se protéger du mal.

La Bibliothèque des JEDI
Une grande bibliothèque située dans la Cité Perdue des Jedi. La Bibliothèque des Jedi contient des archives remontant à des milliers d'années. La plupart de ses dossiers se trouvent dans les fichiers de l'ordinateur central des Jedi. D'autres sont consignés dans de vieux manuscrits aux pages jaunies. Dans cette bibliothèque sont rassemblées la somme des connaissances de toutes les civilisations, ainsi que l'histoire de toutes les planètes abritant des formes de vie intelligentes.

La Cité Perdue des JEDI
Une antique ville, technologiquement avancée, construite par les premiers Chevaliers Jedi. La cité est profondément enfouie sous la surface de la quatrième lune de Yavin. L'entrée est indiquée par un mur de marbre vert, en forme de cer-

cle. A l'intérieur de l'enclos, un transport tubulaire descend dans la Cité Perdue.

Les plus grands secrets des Jedi sont conservés à la Cité Perdue, dans l'ordinateur central de la Bibliothèque des Jedi. Pendant des millénaires, des droïds se sont occupés de la bonne marche de la ville. Le seul humain qui y habite est un jeune garçon de douze ans, Ken. Mais il a un animal domestique, un mooka appelé Zeebo.

L'existence de la Cité Perdue a longtemps été le plus grand secret des Jedi. Kadann sait qu'elle existe, mais ni lui ni les Impériaux ne connaissent son véritable emplacement.

Les Prophètes du Côté Obscur

Une sorte de Bureau de Renseignements Impérial dirigé par des prophètes à la barbe noire disposant de leur propre réseau d'espions. Les Prophètes ont beaucoup d'influence dans l'Empire. Pour maintenir leur contrôle, ils s'assurent que leurs prophéties se réalisent, même s'ils doivent avoir recours à la force, à la trahison ou au meurtre.

MOLTOK
La planète d'origine des Ho'Dins. C'est de là que vient Baji. Là-bas, le soigneur habite dans une grande serre.

Monde-d'en Haut
Une expression désignant la surface de la quatrième lune de Yavin. Quand les droïds de la Cité Perdue des Jedi parlent d'aller dans le Monde-d'en Haut, ils veulent dire qu'ils emprunteront le transport tubulaire pour rejoindre la surface.

PUCE (diminutif de Micropuce)
Puce est le droïd personnel de Ken. Sa carapace métallique est argentée. Il a la taille d'un enfant de douze ans, et on l'a programmé pour qu'il veille sur Ken. Malgré toute sa bonne volonté, il arrive souvent qu'il ne puisse pas convaincre le garçon de se tenir tranquille.

Station Spatiale ARCADIA
Une station spatiale en forme de cube où vivent les Prophètes du Côté Obscur.

TNA

Les TNA, ou Torches Neutroniques Autochenillées, sont des sortes de tanks qui tirent des boules de feu. A l'origine, ils étaient conçus pour servir dans les mines de Kessel, afin de creuser de nouveaux puits. Mais ils fonctionnent aussi bien comme véhicules d'exploration, détruisant la forêt tropicale de Yavin Quatre sur leur passage.

TRICLOPE

Bien que Triclope n'apparaisse pas dans ce livre, nous avons appris qu'il est le véritable fils du méchant Empereur Palpatine. Triclope est un mutant à trois yeux, dont l'un s'ouvre à l'arrière de la tête.
Il est enveloppé de mystères. On sait seulement de lui que l'Empire l'estime fou, et que les Grands Moffs craignent un désastre s'il parvenait à devenir un jour Empereur. Pour des raisons mystérieuses, les Grands Moffs préfèrent le garder en vie, enfermé dans un asile psychiatrique impérial qui se double d'un institut secret de reprogrammation.
L'Empire a toujours nié l'existence de

Triclope. Mais il y a eu tant de rumeurs sur le fils à trois yeux de l'Empereur que, pour y mettre fin, Trioculus a annoncé qu'il était l'héritier de Palpatine, et le nouveau maître de l'Empire.

ZEEBO
Le mooka à quatre oreilles de Ken. Il porte à la fois de la fourrure et des plumes.

LES AUTEURS

Paul et Hollace DAVIDS se sont rencontrés par hasard à Harvard Square en 1971. (Paul venait juste de voir le premier film de George Lucas, *THX-1138.*) Ce fut le coup de foudre. Paul était diplômé de Princeton et Hollace de Goucher. Ils découvrirent avec surprise qu'ils avaient grandi à quelques kilomètres l'un de l'autre, à Bethesda et Silver Spring, dans le Maryland. Ils se sont mariés quelques mois après leur rencontre.
Dès l'âge de dix ans, Paul tournait de petits films de science-fiction en 8 mm. Il a étudié le cinéma à l'Institut américain du film, à Los Angeles. Devenu membre du Club des écrivains, il travaille pour Cornel Wilde et (avec Hollace) pour George Pal, un pionnier des films de science-fiction.
Après avoir été éducatrice d'enfants retardés, Hollace devient coordinatrice de FILMEX pour l'Exposition internationale du film de Los Angeles.
1977, année de sortie de La Guerre des Etoiles, voit la naissance de leur fille

Jordan. 1980 — L'Empire Contre-Attaque — est celle de la venue au monde de leur fils, Scott. Cette même année, Hollace devient coordonnatrice des premières et des réceptions de tous les films importants de Columbia. En 1983 — Le Retour du Jedi — Paul écrit *Elle danse seule*, un film avec Burt Cord et Max von Sydow. Il travaille ensuite comme coordonnateur de production de près de cent épisodes de la série *Les Transformeurs*. Aujourd'hui, il est producteur exécutif chez HBO et Hollace, directrice adjointe du Service publicité et événements spéciaux de TriStar Pictures.

Paul et Hollace ont publié leur premier roman en 1986. Pour les jeunes lecteurs, ils préparent toute une série de livres sur La Guerre des Etoiles.

LES ILLUSTRATEURS

Karl KESEL est né en 1959, dans la petite ville de Victor, Etat de New York. Il lit des bandes dessinées depuis l'âge de dix ans. Sa décision de devenir dessinateur date de cette époque. A vingt-cinq ans, il devient illustrateur professionnel pour DC Comics (*Superman, Le Faucon et la Colombe*, dont il est également coscénariste). Il a collaboré aux mini-séries sur *Terminator* et *Indiana Jones* de Dark Horse Comics. Karl vit à Milwaukie, Oregon, avec sa femme Barbara.

Drew STRUZAN est l'un des artistes « commerciaux » les plus importants d'aujourd'hui. Son sens du visuel et son style inimitable ont produit de grandes réussites dans le domaine de la publicité, du disque et du cinéma. Citons, parmi ses plus belles peintures, les affiches des films : *La Guerre des Etoiles*, *E.T.*, *Indiana Jones*, *Retour vers le Futur*, *Fievel* et *Hook*. Drew Struzan vit en Californie avec sa femme Cheryle. Leur fils, Christian, suit la voie de son père. Il est illustrateur et directeur artistique.

TABLE DES MATIÈRES

I. La bombe et le songe 17

II. Le voyage secret de Ken 34

III. Vol avec la Force 54

IV. Obscure bénédiction 72

V. La voie du feu 85

VI. Le secret d'un soigneur 99

VII. Le code secret d'Obi-Wan Kenobi 114

GLOSSAIRE 139

Achevé d'imprimer
par Maury-Eurolivres S.A.
45300 Manchecourt

Imprimé en France
Dépôt légal : Octobre 1994